KB132241

가노코와
마들렌 여사

KANOKO-CHAN TO MADORENU-FUJIN
by Makime Manabu

All rights reserved.
First original Japanese edition published 2010 in Japan by Chikumashobo Inc.
Korean translation rights in Korea reserved by MUNHAKDONGNE Publishing Co.,
under the license granted by arrangement with Boiled Eggs Ltd., Japan
through iyagi agency, Korea

이 책의 한국어판 저작권은 이야기 에이전시를 통해
저작권자와 독점 계약한 (주)문학동네에 있습니다.
저작권법에 의해 한국 내에서 보호를 받는 저작물이므로
무단 전재와 무단 복제를 금합니다.

이 도서의 국립중앙도서관 출판시도서목록(CIP)은
e-CIP 홈페이지(http://www.nl.go.kr/cip.php)에서 이용하실 수 있습니다.
(CIP제어번호:CIP2011001473)

가노코와 마들렌 여사

かのこちゃんとマドレーヌ夫人

마키메 마나부 장편소설 | 권영주 옮김

문학동네

차례

네모난 공터에 우거진 키 작은 풀들이 바람도 없는데 사각사각 나부낀다.

흡사 바다에 배 지나간 자국 같은 희미한 선 하나가 녹색 융단에 그어진다. 풀잎이 바스락바스락 흔들리고 놀란 날벌레가 붕 날아오른다. 조그만 연홍색 꽃이 아침 햇살을 받으려 있는 힘껏 잎사귀를 내미는 밑으로, 둥글둥글한 그림자가 경쾌한 동작으로 지나간다.

공터 구석에는 꽤 오래전부터 폐타이어 세 개가 방치되어 있다. 풀숲에서 슥 나타난 연갈색 털로 뒤덮인 동물은 삼 단으로 쌓인 타이어를 올려다보고는, 일단 엉덩이를 낮추어 뒷다리에 힘을 쟁였다가 소리도 없이 사뿐히 도약했다.

타이어로 뛰어오르자마자 머리 위에서 목소리가 들려왔다.

"안녕하세요, 마들렌 여사."

"안녕하세요, 와산본*."

"오늘도 날씨가 좋기를."

"그러게요."

"내 이야기 좀 들어봐요, 마들렌 여사. 나, 새 단어를 또 배웠거든요. 여사는 알아요? 고양이 혀**라는 말."

"네, 알아요."

"정말 어리석은 말이죠. 그게 고양이뿐이냐고요. 그런 건 개가 됐건 쥐가 됐건 누구나 싫어한다고요. 도대체가 먹기 전에 일부러 음식을 가열하는 건 세상에 인간밖에 없지 않나요. 동물의 혀는 애초에 뜨거운 걸 핥게 생기지 않았다고요. 그런데 고양이 혀라니, 하여튼 어처구니가 없다니까요."

"와산본다운 생각이네요." 한숨 같은 웃음과 더불어 마들렌 여사는 주의 깊은 걸음걸이로 타이어 고무 위를 반 바퀴 돌고, 발치의 냄새를 확인한 뒤 천천히 앉았다.

마들렌 여사는 고양이다.

---

* 일본 과자 제조에 쓰이는 최고급 설탕을 뜻하는 말.
** 뜨거운 것을 잘 못 먹는 사람을 일컫는 일본어 관용어.

연갈색이 감도는 누렁 줄무늬 고양이다.

한편 와산본은 회색 털에 검정 줄무늬가 있는 고양이다. 마들
렌 여사 정면에 우뚝 솟은, 두께가 십오 센티미터쯤 되고 온통
하얗게 칠한 담장 위에 식빵 자세로 앉아 있다. 오른쪽 옆구리
의, 어쩐지 철학적이기까지 한 회색 무늬를 과시하며 반쯤 감은
눈으로 담장 끄트머리를 응시하고 있다.

그 시선에 이끌리듯 공터에 인접한 가정집 지붕에서 삼색 얼
룩고양이가 조용히 담장 위로 내려서더니, 느릿느릿한 걸음걸이
로 담장을 타고 다가왔다.

"안녕하세요, 와산본. 오늘도 평온한 하루가 되기를."

"안녕하세요, 미켈란젤로. 평온한 하루가 되기를."

미켈란젤로*라 불린 고양이가 담장 아래로 시선을 향했다.

"안녕하세요, 마들렌 여사."

"안녕하세요, 미켈란젤로."

"요새 통 찾아뵙지 못했는데 바깥 분은 건강하신가요?"

"네, 덕분에요."

마들렌 여사는 앞발로 세수를 하며 대답했다. 그래요, 하고 중
얼거린 뒤, 미켈란젤로는 와산본의 전방 일 미터쯤에 역시 식빵

---

* 삼색 고양이는 일본어로 '미케'이다.

자세로 앉아 하품을 했다.

네모난 공터에 고양이들이 삼삼오오 모여들었다. 하나같이 암고양이들이다.

아침인사를 주고받은 뒤, 고양이들은 늘 앉는 위치에 자리하고서 조용히 앞쪽을 바라보았다.

아무도 입을 열지 않는다.

그런가 싶으면 이따금 누가 툭 한 마디 한다. 그러면 두 마디, 세 마디 이어지다가 또다시 정적이 흐른다.

노랑나비 한 쌍이 붙었다 떨어졌다 하며 팔랑팔랑 풀 위를 스치더니, 고양이들 머리 위를 지나 날아갔다.

"아침부터 사이도 좋지."

인사를 한 뒤로 폐타이어 밑에 웅크린 채 개미의 움직임만 물끄러미 좇던 캔디가 하늘을 올려다보며 흥 하고 콧방귀를 뀌었다.

"있죠, 좀 들어들 봐요."

이 근방에서 나이가 가장 많은 열네 살 캔디는 갑자기 깊은 한숨을 쉬더니 꼬리를 오른쪽에서 왼쪽으로 나른하게 넘겼다.

얼마 전에 별안간 집 텔레비전의 생김새가 달라졌다. 텔레비전 위는 내가 가장 좋아하던 곳인데. 그 위에 누우면 어렴풋한 진동과 함께 희미한 열이 느껴지는 게 썩 기분 좋았는데. 그런데 어느 날 갑자기 낯선 인간 남자가 거침없이 거실로 들어오더니 텔레비전을 가져가버리고, 대신 널빤지처럼 얇은 것을 두고 갔다. 보아하니 그것도 텔레비전의 일종인 모양이다. 느닷없이 우리집 최고 명당을 빼앗긴 나에게 집안 인간들은 동정을 표하기는커녕, 텔레비전을 바꾼 덕에 늘어뜨린 꼬리에 방해받지 않고 텔레비전을 볼 수 있게 됐다며 저마다 환영의 말을 늘어놓는 판국이다. 평소에는 한 식구라느니 뭐니 추어올리면서 막상 중요한 부분에서는 늘 이 모양이다. 아아, 늙어서 이런 수모를 당하는 나는 얼마나 불행한 고양이인가, 운운.

마디마디 비통한 느낌을 실어 텔레비전에 관해 절절이 호소하는 캔디였으나, 주위 고양이들의 반응은 매우 덤덤했다. 맞장구조차 치지 않고 묵묵히 어르신의 말씀을 듣기만 한다.

실은 이 이야기를 듣는 게 오늘이 처음이 아니다. 처음은커녕 이미 신물이 날 정도로 들은 내용이다.

캔디네 집의 텔레비전이 바뀐 것은 최근이 아니라 대략 삼 개월 전이다. 고양이의 삼 개월은 인간의 일 년 이상이다. 젊었을 적 아름답던 털은 이미 빛이 바래고, 엷은 안개가 낀 것처럼 허연 바탕에 검은 얼룩 반점이 아무렇게나 뚝뚝 찍힌 캔디는 반년 전부터 부쩍 노망이 심해졌다. 그래도 고양이들은 거듭되는 울분을 잠자코 경청한다. 이 근방 최고참인 늙은 캔디에게 경의를 표하는 것이다.

"아침식사 시간이 다 됐네요."

한탄을 길게 늘어놓은 뒤 캔디는 느릿느릿 몸을 일으켰다.

"참, 마들렌 여사."

풀숲으로 기어들어가려던 캔디가 별안간 고개를 틀었다.

"부탁이 하나 있는데 들어줄 수 있어요?"

그때까지 엉뚱한 곳을 보고 있던 마들렌 여사가 타이어 위에서 빼꼼히 내려다보았다.

"얼마 전에 옆집에서 강아지를 키우기 시작한 모양이에요. 그런데 그애가 아침부터 밤까지 쉴새없이 깽깽 짖어대는 통에 잠도 조용히 못 자겠지 뭐예요. 그러니까 바깥 분더러 한마디 해달라고 할 수 없을까요? 왜 그렇게 소란을 피우느냐고요."

"그쯤이야 얼마든지 해드려야죠, 캔디."

"신세 잊지 않을게요, 마들렌 여사. 다음번에 우리집 근처까지 산책 올 때 꼭 좀 부탁해요."

그럼 여러분, 나 먼저 실례해요. 하얀 꼬리를 살랑살랑 흔들고 캔디는 몸을 굽혀 풀숲으로 사라졌다.

"처음 듣는 이야기였죠."

캔디의 기척이 완전히 사라지자 담장 위의 와산본이 중얼거렸다.

"얼른 들어주지 않으면 앞으로 매일 부탁받을지도 몰라요."

앞에 앉아 있는 미켈란젤로가 키들키들 웃으며 말을 이었다.

"아, 아니면 바깥 분 말고 마들렌 여사가 직접 캔디를 따라가 강아지한테 한마디 하면 되지 않아요?"

"그건 안 돼요, 미켈란젤로. 마들렌 여사가 하는 외국어는 바깥 분한테만 통하니까."

"어, 그랬던가요?"

"그랬잖아요."

"왜 그렇지? 그치들도 서로 같은 말로 이야기할 텐데. 별 희한한 일이 다 있네요."

"나한테 말해봤자 내가 어떻게 알겠어요."

"바깥 분이랑만 통한다는 건 그럼…… 사랑 이야기라는 뜻?"

"어머머! 그런 뜻이려나?"

담장 위에서 쏟아지는 의미심장한 시선을 아는지 모르는지, 여사는 시침 뗀 얼굴로 일어섰다. 그러고는 하품과 함께 앞다리를 가지런히 모으더니 투실투실하고 둥글둥글한 몸뚱이를 천천히 쭉 폈다. 그 모습은 오븐토스터 석쇠에 들러붙은 찰떡을 잡아당기는 양 부드럽고 유연했다. 말 많고 까다로운 고양이들 사이에서도 여사의 기지개는 기품이 있기로 정평이 나 있었다.

"그러고 보니 마들렌 여사 댁 여자애는 벌써 초등학교 들어갔나요?"

와산본이 물었다.

"그래요, 올봄에."

"그애, 아직도 늘 손가락 물고 다녀요?"

미켈란젤로가 옆에서 끼어들었다.

"그러고 보니 요새는 통 못 본 것 같은걸요."

마들렌 여사는 기지개를 다 켜고 대답했다.

"인간 아이는 학교에 가면 갑자기 지혜를 깨치는 모양이니 말이죠. 분명히 앞으로 수선스러워질 거예요."

와산본이 그렇게 말하자 여사는 "그런가요" 하고 중얼거리고는 폐타이어 가장자리에 발을 모으고 밑을 내려다보았다.

"그럼 나 먼저 실례해요, 여러분."

"안녕히 가세요, 마들렌 여사."

고양이들이 저마다 인사하는 것을 뒤로하고 여사는 폐타이어에서 뛰어내렸다.

풀숲을 빠져나가자 공터에 면한 좁은 도로가 나왔다.

여사는 담장을 따라 종종걸음으로 주택가를 관통해 나아갔다. 아침 햇살이 내리쬐는 가운데 전철역을 향해 달려가는 자전거가 여사 곁을 기세 좋게 지나친다.

네거리를 지난 곳에 오래된 이층집이 있다. 마들렌 여사는 블록 담장들 사이로 난 대문 밑으로 들어가 좁은 마당을 가로질러 구석에 놓인 개집으로 다가갔다.

색 바랜 빨간 지붕을 인 고풍스러운 개집 옆에, 사슬에 묶인 개가 궁둥이를 이쪽으로 향하고 서 있었다.

"다녀왔어요."

여사가 말을 붙이자 그제야 알아차린 양 털이 거칠고 헝클어진, 한눈에도 늙었음을 알 수 있는 시바견*이 고개를 살짝 들었다.

"아아, 이제 왔소?"

여사가 개집 옆에 놓인 은색 대접의 물을 할짝할짝 마시는데, 집 안에서 쿵쾅쿵쾅 소리가 들리더니 "다녀오겠습니다!" 하는 소리와 함께 현관문이 열리고, 빨간 책가방을 멘 어린 여자애가 튀어나왔다. 아이는 대문을 열며 발끝으로 땅을 툭툭 차고, 마당 구석을 향해 손을 흔들었다.

"갔다 올게, 마들렌, 겐자부로!"

자기들을 향한 새된 목소리를 여사는 대접에 머리를 박은 채, 겐자부로는 궁둥이를 향한 채로 들어 넘겼다.

"요새 저애가 꽤나 활기가 넘치는군."

---

* 진돗개와 비슷하게 생긴 일본 전통견.

여자애가 회오리바람처럼 달려가버린 뒤 늙은 개가 중얼거렸다.

"그러게 말이에요."

여사는 고개를 들고 남편의 말에 동의했다.

인간보다 훨씬 뛰어난 청력을 지닌 마들렌 여사는, 뒷다리로 목 언저리를 긁으며 여자애의 책가방 속에서 필통이 달그락거리는 소리를 좇았다.

그 필통에는 서툰 글씨로 여자애의 이름이 매직으로 큼직하게 쓰여 있다.

반년 전에 훌쩍 나타난 누렁 고양이에게 '마들렌'이라는 이름을 지어준 여자애는, 육 년 전 아버지와 어머니로부터 '가노코'라는 근사한 이름을 받았다.

"엄지를 빼면 뭐가 좋은데?"

가노코가 침대에 누우며 묻자, 아버지는 "글쎄" 하며 고개를 갸우뚱하더니 대답했다.

"세상이 훨씬 넓어지지 않을까."

"그게 무슨 뜻이야?"

미간에 작은 주름을 잡고 질문을 거듭하는 가노코에게 아버지는 "지혜를 깨친다는 뜻이란다" 하고 중얼거리며 이불을 턱 밑까지 끌어올려주었다.

'지혜를 깨친다'는 게 대체 어떤 건지 도무지 알 수 없었지만, 가노코는 흐응 하고 고개를 끄덕이며 이불을 머리까지 폭 뒤집어썼다. 그러고는 큰 소리로 "안녕히 주무세요!"라고 말한 뒤 금세 콩 잠이 들었다.

이튿날, 아버지와의 이야기를 까맣게 잊은 채 여전히 엄지를 빠는 가노코를 보고 어머니는, 난처한 얼굴로 허리를 굽히고 한숨을 쉬며 가노코의 입에서 엄지를 뺐다.

"다음 주부터 학교에 가니까 손가락 빠는 건 이제 졸업하자꾸나."

침이 자르르 흐르는 가노코의 엄지는 퉁퉁 불어 있었다. 너무 오랫동안 많이 빤 탓에 손톱 주위의 살갗은 거스러미가 인 것처럼 울퉁불퉁 들떠 있었다. 늘 젖어 있다보니 새 살이 돋지 못해 온통 허옇다. 어머니가 코를 대고 냄새를 맡으니 뭐라 할 수 없는 퀴퀴한 냄새가 났다.

"자꾸 그렇게 빨면 썩어요."

진지한 목소리로 설득하는 어머니의 말에 가노코는 순순히 고개를 끄덕이고 차려 자세를 유지했지만, 얼마 지나자 아무 일도 없었던 것처럼 도로 손가락을 빨며 마당을 종종 뛰어다녔다.

가노코는 개집 앞에 멈춰 서서 은색 알루미늄 대접을 집어들었다. 그러고는 날벌레가 둥둥 떠 있는 모습을 잠시 들여다본 뒤물을 마당에 뿌려 버리고, 개집 뒤에 있는 수도꼭지를 틀어 새물을 받았다. 겐자부로는 담장 밑 우묵땅에 누워 있다. 가노코는 대접을 원래 자리에 갖다놓고 개집 안을 들여다보다 입을 *ω* 모양으로 다문 고양이 마들렌과 눈이 딱 마주쳤다. 낮에는 세로로 가늘어지는 눈동자가 개집의 어둠 속에서 완벽한 동그라미를 그리고 있었다.

마들렌의 눈을 보면 꼭 뭐든 다 아는 것 같단 말이지. 가노코는 감탄하며 그 커다랗고 까만 눈동자를 응시했다.

마들렌이 '후에' 하고 하품을 했다. 벌린 입 안으로 질서 정연하게 늘어선 뾰족하고 하얀 아랫니가 보였다. 입을 다문 마들렌은 앞다리를 핥기 시작했다.

이건 손가락 빠는 거랑 다른가? 분주하게 반복되는 혀의 움직임을 내려다보던 가노코는 물고 있던 엄지를 천천히 뺐다. 그리고 꼭 욕조에 들어앉아 있었던 것처럼 허옇게 불어버린 손가락을 물끄러미 바라보았다. 살짝 냄새를 맡아보았다. 어머니는 '큰일 났네, 큰일 났어', 아버지는 '이 일을 어쩐다, 어쩐다' 매번 야단스레 수선을 피우지만, 가노코에게는 아무런 냄새도 나지 않는다.

가노코는 엄지를 마들렌 앞으로 가져갔다. 마들렌은 다리를 핥던 것을 멈추고 가노코가 내민 엄지에 눈의 초점을 맞추었다. 비스듬히 기울어 있던 자세를 똑바로 하고 엄지에 코를 갖다 댔다.

가노코의 손가락에 마들렌의 코가 닿는 차가운 감촉이 느껴졌다. 마들렌은 얼마 동안 열심히 냄새를 맡았다.

"어때?"

가노코가 자세를 낮추고 얼굴을 가까이 가져가자, 마들렌은 그에 호응하듯 코를 뒤로 빼며 '후에' 하고 벌렁 나자빠지는 소리를 냈다. 그러고는 몸을 뒤로 젖히나 싶더니 오히려 앞으로 튕겨 다짜고짜 가노코의 엄지를 깨물었다.

"아야!"

허둥지둥 엄지를 잡아빼는데, 가노코의 머릿속에서 뽁 하는 소리가 났다.

바로 그것이 아버지가 말했던 '지혜를 깨치는' 순간을 알리는 신호였지만 가노코는 알지 못했다. 그저 순간적으로, 욕조에서 몰래 방귀를 뀌었을 때 수면에 떠오른 공기방울이 터지는 소리를 떠올렸을 뿐이다.

엄지를 살펴보니 보드라운 손가락에 붉은 이빨 자국이 점점이 남아 있었다. 가노코는 천천히 코를 갖다 대고 진지한 표정으로 냄새를 맡아보았다.

믿기지 않을 만큼 고약한 냄새가 났다.

그날부터 가노코는 엄지를 빨지 않았다.

그때까지 아무리 어르고 달래도 고집스레 입에서 엄지를 빼려 하지 않던 가노코가 그렇게 깨끗이 단념하자, 어머니는 도무지 영문을 모르겠다는 표정으로 이유를 물었다.

"지혜를 깨쳤거든, 엄마."

가노코는 자신만만한 목소리로 대답했다.

어머니는 무슨 말인지 잘 알 수는 없었지만, 아무튼 초등학교 입학 전에 걱정거리 하나를 덜어 다행이라고 안도하고, 그 김에 슈퍼마켓에서 가노코가 좋아해 마지않는 딸기를 사다주었다.

가노코는 아버지가 스푼으로 하나씩 으깨준 딸기에 설탕과 우유를 듬뿍 끼얹어 딸기우유를 만들어 먹었다.

가노코는 지혜를 갑작스레 깨쳤다.

그때까지 비교적 소극적인 성격에 대개 혼자 조용하게 멍하니 있던 가노코가 별안간 '이게 뭐야?' '저건 뭐야?' 큰 소리로 아버지 어머니에게 질문하기 시작했다.

사실 그전에도 가노코의 머릿속에서는 매일매일 형형색색의 세계가 매우 활발하고 바쁘게 전개되고 있었는데, 엄지라는 마개가 빠진 덕에 내면의 호기심이 단숨에 바깥세계로 분출된 것이다.

"이건 뭐야?"

"이건 화장수."

"이건 뭐야?"

"이건 로션."

"이건 뭐야?"

"이건 메이크업베이스."

"이건 뭐야?"

"이건 파운데이션."

"전부 엄마 거야?"

"그래, 엄마 화장품."

"이걸 전부 쓰는 거야? 날마다 힘들겠다."

빤히 올려다보는 순진한 눈빛에, 어머니는 조금 동요한 목소리로 "지금은 아무것도 안 발랐어"라고 대답하며 가노코가 늘어놓은 화장품들을 하나씩 파우치에 도로 넣었다.

"왜 이렇게 많이 필요한 거야?"

"엄마 나이쯤 되면 여러모로 공을 들여야 하거든."

넌 아직 필요 없지만. 어머니는 가노코의 포동포동한 볼을 쓰다듬으며 "얼마나 좋으니" 하고 중얼거렸다.

"뭐가 좋아?"

"전부."

가노코는 흐응, 하며 모호하게 고개를 끄덕이고는 파우치 지퍼를 잠그는 어머니를 거들었다.

"아빠는 화장 안 해?"

"남자는 화장 안 해도 돼. 예뻐지는 건 여자뿐이야."

"왜? 남자는 지저분해도 돼?"

"지저분한 건 곤란하지만, 굳이 예뻐지지 않아도 그냥 그대로
가 좋은 것도 세상에 많거든."

자자, 저녁 준비 해야지, 하며 어머니가 부엌으로 가버리자 가
노코는 아버지에게 갔다. '지혜를 깨친' 이후 가노코는 아버지
에게 말을 가르쳐달라고 조르기 시작했다. 가노코는 어렵고 이
상하게 들리는 말들이 좋았다. 가령 '유유히'나 '여하튼' 같은
말들. 하지만 '어차피'나 '유야무야' 같은 말은 싫었다. 아버지
는 무슨 차이가 있는지 모르겠다며 웃었지만, 가노코는 "느낌이
전혀 달라"라고 주장하며 다른 말을 또 가르쳐달라고 졸랐다.

"아빠는 지저분해도 된대."

가노코가 쪼르르 달려오자, 아버지는 거실 테이블에 펴놓은
신문을 보다 말고 고개를 들어 "어, 뭐가?" 하고 물었다.

가노코는 물음에는 답하지 않고 "학교에서 숙제 내줬어"라며
나지막한 테이블 앞에 바르게 앉았다.

"호, 이젠 어엿한 학생이구나. 어떤 숙제인데?"

"자기 이름이 왜 그런지 집에서 아빠 엄마한테 물어보는 거."

하하, 그렇군. 아버지는 고개를 끄덕이고 신문을 접어 테이블

한편으로 치워놓았다.

"왜 가노코라고 지었어?"

"가노코라는 이름이 좋대서."

"누가?"

"사슴이."

"사슴? 사슴이 왜 나와?"

"사슴 몸에 보면 하얀 반점이 있잖아? 털갈이를 하고 초여름에 생기는 그 반점을 가노코* 무늬라고 하거든. 아주 보들보들해 보이는 것이, 아름다운 무늬란다."

"그거랑 이름이랑 무슨 상관인데?"

"그러니까 사슴이 그렇게 말했거든."

가노코는 고개를 약간 갸웃한 채 움직이지 않았다.

"그럼…… 사슴이 아빠한테 '가노코라고 지어라' 라고 했단 뜻이야?"

"그래. 오랜만에 만났을 때, 좀 있으면 애가 태어난다, 여자애다, 그랬더니 이 이름이 좋다고 하더라."

가노코는 '흐응' 하고 유난히 덤덤하게 고개를 끄덕이더니 갑자기 진지한 표정으로 살피듯 물었다.

---

* '새끼 사슴' 이라는 뜻.

"아빠는 사슴 말을 할 수 있어?"

"사슴 말은 모르지."

아버지는 갑자기 히죽히죽 웃었다.

"하지만 세상엔 사슴이 아주 많단 말이지. 사람 말을 하는 사슴이 한 마리쯤 있어도 이상할 것 없지 않을까."

"그럼 고양이나 개 중에도 사람이랑 말할 수 있는 게 있어?"

"있을지도 모르지."

"우리 마들렌이랑 겐자부로도 할 줄 알아?"

"어쩌면 그럴지도 모르지."

그런가. 가노코는 팔짱을 끼었다. 역시 자기 감이 맞았다고 생각했다. 그리고 마들렌과 겐자부로가 싫어할 때까지 귀를 붙잡고 "사실은 내 말 알아듣는 거지?"라는 말을 몇 번씩 불어넣는 은밀한 일과를 앞으로도 계속하기로 결심했다.

저녁식사 전까지 가노코는 동물도감을 꺼내 열심히 들여다보았다. 도감 사진 속 나란히 서 있는 어미와 새끼 사슴의 옆구리에는, 아버지 말대로 나뭇가지 사이로 비치는 햇살 같은 하얀 반점이 뛰놀고 있었다. '사슴이 그러라고 해서'라는 이유는 생각지도 못했지만, 그것도 괜찮다는 생각이 들었다. 오히려 자랑스러운 기분까지 들어 저도 모르게 콧구멍을 벌름거렸다.

저녁은 가노코가 좋아하는 말린 가자미였다. 아까 아버지가 가르쳐준 이름 이야기를 하자, 어머니는 난처한 듯 웃음을 띠고는 "이제 그만" 하며 가노코 앞의 조그만 매실 장아찌 단지를 치웠다. 그냥 두면 가노코가 매실 장아찌를 한없이 먹기 때문이었다.

"엄마도 사슴이랑 얘기했어?"

어머니는 아니, 하며 고개를 가로저었다.

"엄마는 사슴이 사람 말을 못 한다고 생각하지만, 아빠가 그렇다고 하면 그럴지도 모르지."

아버지는 "진짜란다" 하며 고개를 끄덕이고 가자미를 대가리부터 와삭와삭 씹어 먹었다.

이튿날 학교 수업시간에 가노코는, 선생님이 '나의 이름'이라고 커다랗게 쓴 칠판 앞에서 큰 목소리로 집에서 들은 이야기를 발표했다.

"누가 그러던?" 웃으며 묻는 선생님에게 가노코는 "아빠요" 하고 재깍 대답했다.

일주일 뒤 학교에서 1학기 첫 학부모 모임이 열렸을 때, 어머니는 처음 보는 다른 어머니들이 "가노코네 아버님은 사슴이랑 얘기할 수 있다면서요?" 하는 바람에, 창피하기도 하고 난처하기도 해서 몹시 거북한 기분으로 내내 고개를 숙이고 있었다.

'나의 이름' 수업 후 한동안 반에서 제일 유명한 남자는 사슴과 얘기할 수 있는 가노코의 아버지였다.

작년 9월, 가노코는 혼자 마당에 주저앉아 '야외 다회茶會'를 꾸미고 있었다.

가노코네 집 마당은 세 평도 채 안 되는 조그만 곳이지만, 다실에 면해 있다는 점이 다른 집과 다르다. 작년까지 같이 살던 할머니가 그곳에서 다도를 가르쳤다.

할머니가 병으로 돌아가시고 친척들이 할머니의 물건들을 나누어 가질 때, 가노코는 다실에 걸려 있던 족자를 받았다. 족자에는 바게트처럼 옆으로 퍼진 구름이 잔뜩 떠 있고, 그 아래 들판에 세워진 커다란 우산 밑에서 옛날 옷을 입은 사람들이 소풍을 즐기는 모습이 그려져 있었다. 가노코는 우산 밑에 매트를 깔고 책상다리를 하고 앉은 사람들의 옷자락이 나긋나긋 늘어진 모습과, 바람에 날리는 긴 수염, 몸을 비틀고서 날듯이 즐겁게 달려가는 개를 바라보는 것을 무척이나 좋아했다.

"다같이 소풍 나온 건가?"

엄지를 빨며 족자를 올려다보는 가노코에게 아버지가 가르쳐주었다.

"다회를 여는 모습이란다."

"비도 안 오는데 왜 다들 우산을 쓴 거야?"

"비치파라솔 같은 거야. 종이우산이라고, 중국 거거든. 이렇게 밖에서 차 모임을 가지는 걸 '야외 다회'라고 한단다."

흐응, 하고 고개를 끄덕이는 가노코에게 아버지는 '일기일회 —期—會'*라는 말도 같이 가르쳐주었다. 그러나 다음 순간 가노코의 머릿속에는 '일기'만 남고 나머지는 깨끗이 사라져버렸다.

가노코는 가끔 혼자 마당에 나가 논다.

가노코는 할머니의 족자를 바라보다가 그 풍경을 마당에 그대로 재현해보기로 했다. 흙으로 언덕을 쌓고, 땅을 파서 물을 담아 연못을 만들고, 담장 밑에 돋은 이끼를 언덕에 옮겨심고, 그 꼭대기에 어린이 런치세트에 장식하는 우산을 꽂는 것이다. 우산 밑에는 레고 인형 둘을 앉혀 주인과 손님으로 삼았다. 찻잔으로는 뗐다 붙였다 할 수 있는 레고 인형의 가발을 뒤집어 사용하기로 했다. 가발을 떼어낸 탓에 머리가 반들반들 벗겨진 스님 둘이 우산 밑에 앉아 있는 것처럼 보여 묘하게 정취가 살았다. 개는 다른 것들과 비율이 맞지 않지만 겐자부로를 그대로 쓰기로 했다.

가노코는 두 시간 걸려 '야외 다회'의 풍경을 완성하고는 만족

---

* '다회에 임할 때는 주인과 손님 모두 인생에 한 번 오는 기회'라는 마음가짐으로 성의를 다해야 한다'는 뜻에서 출발하여, 오늘날에는 '평생 한 번뿐인 기회나 만남'이라는 의미로 사용된다.

스레 개집 옆의 수돗가에서 손을 씻었다. 겐자부로를 배경에 넣어 완성된 그림을 디지털카메라로 찍어두고 싶어서 다실 툇마루에서 어머니를 부르려 했을 때, 갑자기 멀리서 천둥소리가 들려왔다.

가노코는 허둥지둥 현관으로 돌아가 신발을 벗었다.

"엄마, 고릴라 아닌 게 왔어!"

부엌을 향해 큰 소리로 알리자, 어머니는 "어머, 큰일이구나" 하고 서둘러 2층 건조대에 널어놓은 빨래를 걷기 시작했다. 가노코는 어머니가 목과 머리에 목욕수건과 티셔츠를 걸어주면 거실에 갖다놓고 돌아오기를 몇 번씩 반복했다.

아니나 다를까, 오 분이 채 지나기도 전에 천둥은 집 바로 위까지 다가와 폭포수처럼 비를 퍼붓기 시작했다.

"고릴라 아닌 거 굉장하다."

"게릴라성 호우야."

어머니는 유리창을 때리는 빗방울 소리를 들으며 빨래를 갰다. '게릴라'라는 말에는 뭔가 아주 자극적인 느낌이 있는데도 가노코는 그 단어가 도무지 외워지지 않았다. 늘 '고릴라 아닌 것'에서 멈춘다. '고'를 '게'로 바꾸기만 하면 되는데, 왜 그런지 그 한 걸음이 그렇게 멀 수가 없다. 다만 '고릴라'가 아니라는 것만은 알기 때문에, 그 결과 '고릴라가 아닌 것'이라는 표현으로 굳어진 것이다.

빨래 더미에 얼굴을 묻고 코로 들이쉬는 공기의 맛이 달라지는 것을 즐기고 있을 때, 문득 마당에 있는 '야외 다회'의 존재가 떠올랐다.

"큰일났다."

가노코는 얼굴을 들고 서둘러 다실로 갔다.

빗물이 폭포수처럼 줄줄 흘러내리는 창문으로 바깥을 확인했다.

아니나 다를까, 이쑤시개 우산은 쓰러지고 가노코가 쌓아올린 언덕은 완전히 무너져내렸다. 세차게 지면을 때리는 빗물이 물보라를 일으키는 흙탕물 속에는 레고 인형 스님 둘이 빠져 있었다.

문득 가노코의 시야 끄트머리에서 허연 그림자가 흔들렸다. 가노코는 뭘까 싶어 고개를 돌렸다.

"엄마!"

저도 모르게 튀어나온 심상치 않은 가노코의 목소리에 어머니가 즉각 다실로 건너왔다.

"무슨 일이니?"

"저기! 겐자부로가!"

어머니는 창유리를 두드리는 가노코의 손가락 끝을 보았다.

"어머나."

어머니도 가노코 못지않게 카랑카랑한 목소리로 외쳤다.

시야가 부옇게 흐려질 정도로 세차게 쏟아지는 빗속에 겐자부로가 우두커니 서 있었다.

겐자부로는 천둥이라면 질색을 하는데도 꼼짝 않고 비를 맞으며 자기 집을 응시하고 있었다.

"왜 개집에 안 들어가지?"

가노코는 창유리에 이마를 딱 붙이고, 젖은 털이 몸에 찰싹 달라붙은 겐자부로를 바라보았다. 어머니는 당장에라도 마당으로 뛰쳐나갈 듯한 가노코를 천둥이 치는데 위험하다고 허둥지둥 말리고는, 얼마 있으면 그칠 테니 기다리라고 설득하고 현관에 노란 장화를 내놓았다.

십 분이 지났을 즈음, 어머니 말대로 빗발이 갑자기 가늘어졌고 천둥도 멀리 가버렸다.

"이제 괜찮아."

어머니의 허가가 떨어지자마자, 비옷까지 입고 만반의 준비를 하고서 기다리던 가노코는 우산을 들고 밖으로 뛰쳐나갔다. 빗물에 쓸려버린 '야외 다회'는 거들떠보지도 않고, 서둘러 겐자부로에게 다가갔다.

겐자부로는 다실에서 봤을 때와 똑같은 자세로 개집 앞에 우두커니 서 있었다.

"왜 안에 안 들어갔어?"

가노코는 쫄딱 젖은 겐자부로의 목덜미에 손을 올려놓았다. 올 들어 열세 살이 된 겐자부로는 일 년 사이에 확 늙었다. 전부터 귀가 잘 안 들리기는 했지만 이제는 불러도 아예 모를 때가 많다. 털도 윤기를 잃고 부스스해져 빈말로도 예쁘다고 할 수 없었다. 개는 나이를 먹으면 궁둥이가 작아진다고 아버지가 그랬는데, 비에 젖은 겐자부로의 궁둥이는 아닌 게 아니라 가슴둘레에 비하면 평소보다도 폭이 한층 좁아 보였다.

가노코는 겐자부로의 머리에 우산을 씌워주며 쭈그리고 앉았다. 겐자부로는 여전히 개집 안을 응시하고 있었다.

"뭐 있어?"

가노코는 겐자부로 앞으로 얼굴을 들이밀고 안을 들여다보았다.

서 있을 때는 몰랐는데, 개집 안쪽에 뭔가 웅크리고 있었다.

가노코는 얼굴을 좀더 가까이 가져갔다.

어둑어둑한 개집 구석에서, 둥그런 그림자 한가운데에 작은 빛이 두 개 깜박였다.

가노코가 처음 마들렌을 만난 순간이었다.

식탁에서 아버지가 미간에 주름을 잡고 심각한 표정으로 책을 보고 있었다.

"공부야?"

"그래, 한자 공부."

가노코의 물음에 아버지는 의기양양한 얼굴로 씩 웃었다.

초등학교에 들어간 지 아직 보름밖에 지나지 않았지만, 가노코는 1부터 10까지 한자로 쓸 수 있게 되었다. 가노코는 아는 글자가 있을지도 모른다는 생각에 신이 나서 옆에 가 앉았다. "어디, 어디" 하고 들여다보았지만 바로 당황했다. 가노코가 아는 한자와는 도무지 같은 종류로 보이지 않는, 생선뼈를 아무렇게나 포개놓은 듯한 글자가 끝도 없이 나열되어 있었다.

"이거 진짜 한자야?"

"그럼."

"아빠는 전부 쓸 줄 알아?"

"쓰는 건 어렵겠는걸. 읽는 쪽 전문이겠지."

"이건 뭐라고 읽어?"

"문경지우刎頸之友."

"무슨 뜻인데?"

"사이가 아주 좋은 친구라는 뜻이란다."

"처음부터 그냥 '사이가 아주 좋은 친구'라고 하면 안 돼?"

"그래도 상관은 없지만, 일부러 어려운 말을 쓰는 편이 더 멋 있거나, 하고 싶은 말이 더 잘 전달될 때도 있거든."

이미 책에 관심을 잃은 가노코는 으응, 하고 대꾸하면서 일찌 감치 의자에서 내려왔다. 그리고 '문경' '문경' '문경' 흥얼거리 며 폴짝폴짝 한 발씩 번갈아 뛰어 옆방에 있는 어머니에게 갔다.

가노코는 다림질을 하는 어머니 옆에서 신문 광고지를 들여 다보며, 어머니가 "그만 다른 걸로 바꾸면 안 될까?" 하고 부탁 할 때까지 '문경' '문경' '문경' 계속해서 흥얼거렸다. 코로 빠 져나오는 듯한 어감이 무척 마음에 든 것이었다.

말을 알면 새로운 세계가 열린다.

'문경지우'라는 말을 알게 된 지 일주일 뒤, 가노코는 진짜 '문경지우'를 만날 기회를 얻었다.

상대는 같은 반 여자애였다. 처음 딱 봤을 때부터 가노코는 확 신했다.

'애는 엄청난 애다.'

그날 가노코는 수업이 시작되기 오십 분 전에 등교했다.

전날 어머니가 시계 건전지를 갈아끼우고 나서 자명종 시간 을 잘못 맞추었기 때문이었다. 그 탓에 가노코와 아버지는 평소보다 한 시간 일찍 일어났다. 그러나 아침밥을 다 먹을 때까지 아무도 그 사실을 알아차리지 못했다. 텔레비전을 켠 아버지가 화면 구석에 표시된 시각을 보고 나서야 아직 일곱시도 안 됐음을 알아챈 것이다.

학교에 가기에는 이른 시간이었지만 집에 있어봤자 할 일도 없으므로 가노코는 학교로 갔다. 학교 현관에 이르렀을 때, 벽시계는 일곱시 반을 가리키고 있었다. 분명 교실에 제일 먼저 도착할 거라고 생각하니 갑자기 가슴이 콩닥거리기 시작했다. 아침에 일찍 일어나는 건 아주 질색이지만, 이렇게 즐거운 기분이 든다면 내일도 일찍 일어나면 좋겠다는 생각이 들 정도였다.

"내가 이일등."

가노코는 경쾌하게 스텝을 밟으며 교실 앞문을 기세 좋게 열었다.

그러나 교실에는 이미 한 여자애가 자리에 앉아 있었다.

여자애는 무척 묘한 동작을 하고 있었다.

책상에 양 팔꿈치를 얹고, 영문은 모르겠지만 양손의 엄지를 콧구멍에 찔러넣고 있었다.

문을 연 채 얼어붙은 가노코와 시선이 마주치자, 여자애는 콧구멍에 찔러넣은 엄지를 제외한 나머지 손가락을 팔랑거렸다.

"안녕."

여자애는 손가락을 팔랑거리며 콧소리로 인사했다.

"아, 안녕."

가노코가 이럭저럭 인사를 하자 여자애는 쓱 일어섰다. 그러고는 빙글 돌아서더니 한 마디도 않고 그대로 뒷문으로 나가버렸다.

가노코는 얼이 빠졌다.

학교가 시작되고 보름이 지나도록 가노코는 아직 같은 반 아이들 모두의 이름을 외우지 못했으므로, 교실에서 나간 여자아이의 이름도 알지 못했다.

가노코는 여자애의 책상으로 서둘러 다가갔다.

1학년 교실 책상에는 빨리 서로의 이름을 외울 수 있도록 오른쪽 위에 이름을 적은 스티커가 붙어 있다.

'게야키 스즈.'

스티커를 응시하며 가노코는 "스즈" 하고 중얼거려보았다.

여간내기가 아닌 것 같았다.

교실에 홀로 남은 가노코는 책가방을 뒤쪽 선반에 갖다놓고 스즈가 돌아오기를 기다렸다.

그러나 스즈는 좀처럼 돌아오지 않았다.

같은 반 아이들이 하나둘 등교해도 돌아올 줄 몰랐다.

마침내 스즈가 교실에 나타난 것은 스피커에서 수업 시작을 알리는 종소리가 울리기 시작했을 무렵이었다. 어디 아픈 게 아닐까 걱정하던 가노코는 바로 스즈에게 다가가려고 했지만, 종소리가 끝나기도 전에 선생님이 교실로 들어와 "여러분, 안녕하세요" 하고 큰 소리로 인사했다. 가노코네 반 담임 선생님은 아주 날씬한 여자 선생님인데도 목소리가 깜짝 놀라게 컸다. 이어서 선생님이 "종이 울렸는데 아직 자리에 앉지 않은 사람은 누구죠?" 하고 햇빛을 가릴 때처럼 이마에 손을 대고 교실을 둘러보는 시늉을 해 가노코는 허겁지겁 자리로 돌아왔다.

가노코는 애를 바짝바짝 태우며 스즈와 이야기할 기회를 엿보았다. 그러나 수업과 수업 사이의 십 분 쉬는 시간에는 교실 이동도 하고 이 선생님 저 선생님 나타나 전달 사항을 말하는 통에 접근할 틈이 전혀 없었다. 그러는 사이 눈 깜짝할 새에 하교 시간이 되고 말았다. 1학년은 아직 급식 시작 전이라 오전 수업뿐이다.

"선생님, 안녕히 계세요. 얘들아, 잘 가."

다함께 작별인사를 한 뒤, 선생님은 "복도에 줄을 선 다음 알림장을 받은 사람부터 가는 거예요"라고 했다. 가노코는 책가방을 메고 문으로 달음질치는 스즈를 눈으로 좇으며 그 자리에 가만히 서 있었다. 가노코는 그저께 학급의 '전기 당번'으로 임명된 참이었다. '전기 당번'은 마지막까지 교실에 남았다가 불을 꺼야 한다.

아이들이 모두 복도로 나가기를 기다려, 가노코는 앞문으로 다가갔다.

문 옆 스위치에 손을 뻗으려는데,

"야, 그거 아나?"

갑자기 복도에서 마쓰모토 고타가 얼굴을 불쑥 들이밀었다.

"뭘?"

"전구는 전기가 흘러서 빛나는 거야."

"그런 건 나도 알아. 당연하잖아."

"그럼 인간한테 전기가 흐르면 어떻게 되는지 아냐?"

마쓰모토 고타는 도전적인 웃음을 띠고 천장 형광등을 가리켰다. 뜻하지 않은 질문에 가노코는 스위치에서 손을 떼고 '어?' 하며 천장을 올려다보았다. 어머니에게 콘센트를 건드리면 안 된다는 말을 자주 들어서 전기가 위험하다는 것은 안다. 하지만 실제로 어떻게 위험한지는 모르겠다. 이것저것 궁리해본 끝에 결국 가노코는 고개를 가로로 저었다.

"모르겠어. 어떻게 되는데?"

"모르니까 묻잖냐. 너 전기 당번 아냐?"

사뭇 업신여기는 말투에 가노코가 "뭐니, 너?" 하며 한 발짝 앞으로 나섰을 때였다.

"까짓것 간단하잖아."

날카로운 목소리가 복도에서 날아들었다.

가노코가 놀라 시선을 돌리자, 어느새 마쓰모토 고타 뒤에 스즈가 서 있었다.

"뭐, 뭐야. 그러는 넌 아냐?"

"그래."

"어떻게 되는데? 사람 몸에 전기가 흐르면 어떻게 되는지, 어디 한번 말해봐."

스즈는 그런 것도 모르냐는 양 콧방귀를 흥 뀌고는 도전적인 눈빛으로 힘주어 말했다.

"바지직바지직 소리가 나고 뼈가 보이는 거야."

순간 세 사람 사이에 침묵이 흘렀다.

"와우!"

가노코는 탄성을 질렀다.

다른 답은 절대 있을 수 없을 것만 같았다.

마쓰모토 고타도 같은 생각이었던 듯했다. 얼굴이 빨개져서는 '으음' 하고 끙끙거렸다.

"전기 당번, 무슨 일이죠? 불을 끄세요."

복도에서 선생님 목소리가 들려와 가노코는 황급히 "네!" 하고 큰 소리로 대답하고 교실 전등 스위치를 껐다.

교문까지 스즈와 나란히 걸어왔다.

"너 대단하다."

"바지직바지직."

"하긴 나도 번쩍번쩍하는 거 텔레비전에서 봤다. 무슨 만화영화에서."

옆에서 마쓰모토 고타가 끝도 없이 시끄럽게 굴었다. 그 바람에 가노코는 하고 싶은 말은 한 마디도 못 한 채, 집이 반대편인 스즈와 교문 앞에서 헤어져야 했다.

"그럼 내일 봐."

"내일 봐."

스즈는 어딘지 모르게 어색한 동작으로나마 손을 들어 답해주었다.

여간내기가 아니라는 확신을 다시금 굳히면서 가노코는 집으로 돌아갔다. 벌써부터 내일이 그렇게 기다려질 수 없었다. 마쓰모토 고타는 집 앞 네거리에 다다를 때까지 두 팔을 벌리고 '바지직바지직' 전류가 흐르는 시늉을 끝도 없이 되풀이했다. 그러면서 중간에 가노코가 예의상 같이 '바지직바지직' 해주자 "너 되게 못한다"라고 하는 것이었다. 그뒤 집 앞에서 헤어질 때까지 가노코는 마쓰모토 고타를 무시해주었다.

가노코의 가슴속에서 단숨에 꽃핀 기대의 크기와는 달리, 스즈와의 거리는 좀처럼 줄어들 기미가 보이지 않았다.

줄기는커녕, 스즈가 이상하게 자기를 피한다는 것이 어렴풋이 느껴지기까지 했다.

가노코가 다가가면 스즈는 매번 일어나 어디론가 가버린다. 아침 때를 놓치면 다음 기회는 점심시간, 즉 하교 때나 찾아온다. 그러나 가노코는 '전기 당번'이다. 교실에 남아 불을 끄는 사이에 스즈는 잽싸게 가버린다. 그것으로 하루가 허망하게 끝난다. 가노코는 터벅터벅 집으로 돌아갈 수밖에 없다.

일요일에 가노코는 아무 소득 없이 지나가버린 지난 일주일을 돌아보며 마당에서 흙장난을 했다.

"하여튼, 너희는 서로 말도 안 통하는데 어쩜 그렇게 사이가 좋니? 우리는 말이 통해도 영 안 되는데."

가노코는 모종삽을 땅에 아무렇게나 꽂고 겐자부로와 마들렌에게 말을 걸었다.

겐자부로는 개집에서 몸통을 내민 채, 약간 높낮이 차가 있는 땅 위에 오른 다리를 놓은 채 앞을 보고 있다. 이럭저럭 벌써 삼십 분째인데도 같은 자세로 꿈쩍도 않는다. 요새 겐자부로는 움직이기도 귀찮은지 곧잘 같은 자세로 굳어 있다. 그래도 산책용 목줄을 보여주면, 발걸음은 위태로울지언정 기쁘다는 듯 사슬을 찰랑찰랑 흔들며 개집 앞을 빙글빙글 돈다.

마들렌은 담장과 집 벽 사이에 놓인 실외기 위에 누워 얼굴을 털에 파묻고 있었다. 줄무늬 진 기다란 꼬리가 팬 덮개 앞에 축 늘어져 있다. "왜 나랑 말을 안 하는 걸까? 응, 마들렌?" 하는 가노코의 말에 꼬리 끝이 보일 듯 말 듯 반응했다.

가노코는 연두색 플라스틱 컵에 흙을 담았다가 땅에 엎고 삽으로 반을 나누고 다시 사분의 일로 나누는 작업을 줄기차게 반복하면서, 숱이 적지만 굵은 스즈의 눈썹을 떠올렸다. 교실 문을 열었다가 콧구멍에 엄지를 꽂은 여자애를 본 순간부터 가노코의 가슴은 몹시 설렜다. 같은 반 여자애들은 가노코의 분홍색 머리끈이 아주 근사하다고 칭찬해주지만, 가노코 생각에는 그런 것보다 콧구멍에 엄지를 쑤셔넣은 채 손가락들을 팔랑거리는 여자애 쪽이 훨씬 근사했다.

대문 열리는 소리에 얼굴을 들어보니, 어머니 부탁을 받고 장을 보러 나갔던 아버지가 돌아오는 참이었다. "아빠 왔다." 아버지는 양손에 비닐봉지를 들고 마당을 가로질러 다실 툇마루에 걸터앉더니 "간식 먹을래?" 하며 옆에 놓은 봉지를 가리켰다. 가노코는 손을 씻고 봉지를 뒤져 몇몇 후보들 중에서 '미야코 다시마'를 골랐다.

"학교는 어떠니?"

페트병에 든 차를 마시는 아버지의 물음에 가노코는 "쉽지 않
아"라며 어깨를 으쓱하고는 미야코 다시마를 한 장 빨아먹었
다. 그러고는 "달다, 아, 서" 하고 기쁜 표정으로 입을 오므렸다.

월요일에 등교한 가노코는 교실에 들어서자마자 그곳에 감도
는 기이한 분위기를 감지했다. 아닌 게 아니라, 교실 한복판에
아이들이 구름 떼처럼 모여 있었다. "뭐 하는 거야?" 문 옆에
선 여자애에게 묻자 "대결"이라는 대답이 돌아왔다.

"무슨?"

"남자랑 여자 중에 어느 쪽이 어려운 말을 더 많이 아나."

가노코는 뒤쪽 선반에 책가방을 갖다놓고 서둘러 교실 가운
데로 다가갔다. 반 아이들의 거의 절반인 스무 명 정도가 교실
가운데에 원을 그리고 있다. 가노코는 "실례합니다, 실례합니
다" 하며 에워싼 아이들 사이를 헤치고 들어갔다.

"머스터드."

남자애 목소리가, 겹겹의 등 너머에서 들려왔다.

"테이블 매트."

여자애 목소리가 이어졌다.

"실러캔스."

남자애가 말했다.

"날개다랑어."

여자애가 말했다.

여자애의 의연한 목소리에 누굴까 궁금해 가까스로 맨 앞줄까지 나가 얼굴을 내밀어보니, 놀랍게도 거기 스즈가 있었다.

스즈 앞에는 다쿠가 서 있었다. 어찌된 일인지 원 한가운데서 스즈와 다쿠가 책상을 사이에 두고 대치중이었다.

의아한 표정으로 두 사람의 얼굴을 번갈아보는 가노코의 팔을 고하루가 쿡 찔렀다.

"안녕, 가노코."

"안녕, 고하루."

고하루의 재빠른 상황 설명에 따르면, 어쩌다가 남자가 어려운 말을 더 많이 아는지 여자가 더 많이 아는지 겨뤄보자는 이야기가 나와서 아이들이 저마다 큰 소리로 어려운 단어를 외쳐대기 시작했다. 그런데 시간이 흐르면서 스즈와 다쿠의 어휘 수준이 월등하다는 사실이 판명되어, 급기야 둘이 남녀 대표로 대결하게 됐다는 것이다.

"이겨라, 스즈!"

설명을 마친 고하루는 평소의 온화한 모습과는 달리 뜻밖에 거친 목소리로 성원을 보냈다. 덩달아 남자애들 사이에서도 "지지 마라, 다쿠!" 하는 소리가 터져나왔다.

상대가 다쿠란 말이지.

이거 호락호락하지 않겠는걸. 가노코는 스즈와 마주 보고 선, 살빛이 희고 몸집이 작은 소년을 다시금 바라보며 생각했다.

다쿠는 반에서 으뜸가는 수재다. 소문으로는 유치원에 다닐 때부터 덧셈, 뺄셈을 막힘없이 하고, 최근에는 곱셈에까지 손을 뻗은 모양이다. 그렇다고 으스대는 기색도 없이 지극히 초연하게 하루하루 수재의 길을 정진하고 있다. 눈매는 서늘하고, 태도는 온화하고, 찰랑거리는 조금 긴 머리칼에 약간 높은 목소리로 또박또박 말한다. 가만히 있어도 '잘났다'는 분위기를 여기저기서 발산한다. 그쯤 되면 가노코도 다쿠를 인정하지 않을 수 없다.

"프테라노돈."

다쿠가 말했다.

"각다귀."

스즈가 답했다.

"루어."

"릴리안."

"UV 컷."

"코엔자임 큐텐."

"캄보디아."

"투르크메니스탄."

"에나멜선."

"C 건전지."

"오바마 대통령."

"이카리야 조스케."

"메밀 면수."

"찻기둥."

두 사람의 입에서 차례차례 튀어나오는 풍부한 어휘에 가노코는 진심으로 반하고 말았다. 막힘없는 응수에 문득 이대로 영원히 결판이 나지 않는 게 아닐까 하는 생각이 들었을 때, 갑자기 스즈의 목소리가 끊겼다.

"야, 뭐야, 이제 끝난 거냐?"

다쿠 뒤에 진치고 있던 마쓰모토 고타가 얼른 심술궂게 말했다.

"오 초 동안 대답 못 하면 지는 거다. 오, 사, 삼……"

스즈, 힘내라! 가노코는 주먹을 불끈 쥐고 열심히 빌었다. 그러나 스즈는 창백한 얼굴로 아랫입술을 꼭 깨물고만 있다.

"이, 일, 때……"

"유감천만."

가노코는 저도 모르게 손을 번쩍 들고 한 발짝 앞으로 나섰다.

"뭐냐, 그게?"

마쓰모토 고타는 카운트다운을 멈추고 성가시다는 눈초리로 돌아보았다.

"'유감천만'이라니까!"

"'유감천만'이라니, 그게 뭔데? 요강이냐?"

"아냐, '유감천만'이야. 있는 말이야."

"난 그런 말 들어보지도 못했어. 네 맘대로 막 지어내지 마라."

아버지에게 배운 말이 함부로 취급당하자 가노코의 뺨이 순식간에 붉게 물들었다.

"도무지!"

"유유히!"

"그러구러!"

"콜콜!"

가노코는 입술을 삐죽 내밀고, 머릿속의 '어딘지 이상하지만 느낌이 좋은 말' 목록에서 차례차례 단어를 끄집어내 연발했다. 마지막으로 '야외 다회'와 '문경지우'도 덧붙였다. 그러나 슬프게도 마쓰모토 고타를 포함한 주위 아이들의 반응은 매우 썰렁했다. 즉, 아무도 그런 말을 알지 못했다.

순간, 교실을 지배한 침묵을 깨듯이 마쓰모토 고타가 새된 목소리로 반격에 나섰다.

"필더스 초이스!"

"뭐니, 그게."

"야구에서 쓰는 말이야."

"난 그런 말 못 들어봤는데."

"나도 아까 그 '유감천만' 못 들어봤다. 아님 뭐냐? 역시 '요 강'이라고 한 거지?"

"아냐, 난 요강 써본 적도 없단 말이야."

"내가 그런 거 알 게 뭐냐. 인타이틀 투 베이스!"

"대관절!"

스즈와 다쿠는 이미 안중에도 없다. 두 아이의 대결이 장외 난 투극의 양상을 띠며 점차 격해졌을 때, 스피커에서 수업 시작을 알리는 종소리가 흘러나오기 시작했다.

"어머, 무슨 일이죠? 자리에들 안 앉을 거예요?"

별안간 등뒤에서 들려온 커다란 목소리에 다들 놀라 돌아보 니, 가슴에 교재를 한가득 안은 선생님이 벌써 앞문으로 고개를 들이밀고 있었다.

"종이 다 쳤을 때 자리에 앉아 있지 않은 사람의 이름을 칠판 에 큼직하게 써버릴까요?"

선생님이 위협하자 열기는 순식간에 공중분해되고 다들 뿔뿔 이 자기 자리로 돌아가기 시작했다. 가노코도 황급히 발길을 돌리려는데 별안간 누가 팔을 붙잡았다. 놀라 돌아보자 스즈의 가냘픈 손이 소매를 잡아당기고 있었다.

"고마워."

눈이 마주치자 스즈는 조그만 목소리로 말했다.

"아냐."

가노코는 놀라 눈을 한껏 크게 뜬 채 고개를 가로저었다.

"자, 이제 종소리가 끝나가네요."

선생님은 빙글빙글 웃으며 분필을 머리 위로 들었다. 가노코도, 스즈도, 다른 아이들도 모두 일제히 비명을 지르며 자기 자리로 돌아갔다.

학교에서 돌아오자마자 가노코는 어머니에게 물었다.

"있지, 찻기둥이 뭐야?"

점심으로 먹을 볶음밥을 준비하던 어머니는 "어머, 학교에서 배웠니?"라고 물으며 돌아서더니, 파를 썰어 눈물이 맺힌 눈가를 앞치마 끝자락으로 훔쳤다.

"찻잎이 기둥처럼 서면 재수가 좋대."

공기에 깬 계란을 빠른 손놀림으로 풀며 어머니가 그 뜻을 가

르쳐준 순간,

"나도 보고 싶어!"

가노코는 소리쳤다.

"그럼 저기 찻주전자에 뜨거운 물을 부어보렴."

가노코는 바로 식탁 위의 찻주전자를 들고 보온포트로 다가
갔다. 찻주전자의 뚜껑을 열고 바닥에 찻잎이 있는 것을 확인한
뒤, 보온포트의 급탕 버튼을 눌렀다.

얼른 보여달라고 수선을 피우는 가노코를 달래며, 어머니는
다 된 볶음밥을 접시에 덜고 엽차 잔 두 개에 차를 따랐다.

"어떠니?"

가노코는 찰랑거리는 차를 들여다보고는 아쉬운 표정으로 고
개를 가로저었다. 후후 불어도, 스푼으로 휘저어도, 찻기둥은 서
줄 생각을 하지 않았다.

"처음에 안 서면 그걸로 끝이야."

"진짜 서긴 서?"

"가끔만 서니까 재수가 좋다고 하는 거지."

"엄마는 본 적 있어?"

"물론이지."

"몇 번?"

"세어본 적이 없어서 모르겠는걸."

"자꾸자꾸 마시다보면 언젠가는 나올까?"

"그렇겠지."

"엄마."

"응?"

"우리 차 한 잔 더 마실까?"

결국 그날, 어머니는 자기 전까지 가노코와 차를 열 잔이나 마셔야 했다.

저녁 식탁에서 가노코는 아버지에게 물었다.

"아빠, '유감천만'이 무슨 뜻이야?"

아버지는 갑자기 왜? 하며 당황하면서도 "'애석하다'라는 뜻이란다"라고 대답하고는 락교를 베어물었다.

"'애석하다'는 무슨 뜻인데?"

"으음, '아쉽다'는 뜻."

흐음. 가노코는 몇 번씩 고개를 끄덕였다.

"아빠, '유감천만'을 써서 문장을 만들어보세요."

가노코는 학교 선생님의 말투를 흉내내 말하고는 카레를 떠서 입으로 가져갔다.

"어디 보자." 아버지는 국자를 들고 식탁 가운데의 냄비를 들여다보더니 말했다.

"아버지는 매운 카레를 좋아하는데, 유감천만이게도 오늘 카레는 달콤합니다. 그래서 아버지는 카레에 양념가루를 쳐서 맛을 더할까 합니다."

그러고는 밥에 카레를 듬뿍 끼얹었다.

"그렇구나."

가노코는 '유감천만'의 모든 것을 파악했다.

한나절 전, 가노코가 집에 가려고 학교 현관에서 신발을 갈아 신는데, 느닷없이 스즈가 물었다.

"'유감천만'이 뭐야?"

가노코는 무척 당황했지만, 이럭저럭 표정으로 드러내지는 않았다. 그냥 느낌이 좋아서 기억했을 뿐 무슨 의미인지는 모르고 있었던 것이다. 오늘 아침의 사건을 통해 드디어 짤막하게 말을 주고받는 데 성공했는데, 여기서 자신의 무지를 드러내 스즈를 실망시켜서는 안 된다. 결국 가노코는 "아차, 깜빡했다" 하고 큰 소리로 말하고는 도망치듯 그 자리를 떠나고 말았다.

교실 앞 복도에 붙은, 2학년이 그린 튤립 그림을 보며 시간을 죽인 뒤 현관 신발장 앞으로 돌아갔더니 스즈의 모습은 보이지 않았다. 안도감과 더불어 몹시 아쉬운 기분이 들었다.

아침에 스즈가 다쿠와 대결할 때 말한 '찻기둥'이라는 단어에 가노코의 안테나가 맹렬하게 반응했기 때문이다. 수업중에도 차깡통을 세로로 쌓아 토템폴처럼 만든 것을 떠올린 순간 상상의

나래가 활짝 펼쳐지는 바람에, 선생님 말씀이 조금도 귀에 들어오지 않아 애를 먹었다. 그 때문에 집에 오자마자 당장 어머니에게 물어본 것이었다.

카레를 깨끗이 먹어치운 뒤 아버지도 합세해 차를 몇 잔 연거푸 마셨지만, 찻기둥은 끝내 나타나지 않았다.

"찻잎이 거칠고 딱딱하면 더 잘 선다는 말도 있더구나."

아버지는 낙담한 가노코를 위로하듯 "내일 그런 차를 사다주마" 하고는 욕실로 목욕하러 갔다.

그러나 이튿날 아침, 가노코는 생각지도 못한 곳에서 그것을 발견했다.

아침밥을 먹고, 역시 엽차 잔에 찻기둥이 나타나지 않은 것을 유감스럽게 생각하며 가노코는 화장실로 갔다.

시원하게 변을 본 뒤, 자 이제 물을 내릴까 하며 일어나 무심코 밑을 보았다가, 레버를 잡은 손이 멈추고 말았다.

가노코는 변기를 빤히 들여다보았다.

그리고 화장실 문을 열고 아버지와 어머니를 목이 터져라 불렀다.

"왜 그러니?"

무슨 일인가 하고 달려온 아버지와 어머니에게, 가노코는 흥분해서 빨개진 얼굴로 양변기를 가리켰다.

"뭐 떨어뜨린 거니?"

"아니, 그게 아니라."

"냄새가 꽤 나는데?"

"얼른 봐봐!"

가노코의 성화에 아버지 어머니는 의아한 표정으로 머뭇머뭇 변기를 들여다보았다.

"거참……"

흘깃 보자마자 아버지는 경탄한 나머지 말을 잇지 못했다.

"어머나, 이게 웬일이니."

어머니도 아버지 어깨 너머로 보고는 입을 가리고 웃었다.

가노코의 집 화장실은 양변기가 달린 수세식이다.

변기에는 물이 가득 차 있는데, 탱크의 특성 때문인지 보통 양변기보다 수위가 약간 더 높다. 수면에는 방금 가노코가 배출한 '큰 것'이 떠 있었다. 그리고 그 '큰 것'은 흡사 선 자세로 헤엄치는 싱크로나이즈드스위밍 선수처럼 완벽하게 수직으로 떠 있었다. 그야말로 '찻기둥' 모양이었다.

가노코와 아버지와 어머니는 한동안 번갈아 변기를 들여다보며 감상을 늘어놓았다.

"그러니까, 이건 찻기둥이 아니라 똥기둥이로구나."

아버지는 진중한 목소리로 결론을 내렸다.

"이제 물 내린다."

어머니는 아버지의 표현에 눈살을 찌푸리며 레버를 내렸다.

가노코는 평소보다 오 분 늦게 책가방을 메고 집에서 뛰쳐나갔다. 이 사건을 꼭 이야기해주어야 할 사람이 한 명 더 있었다. 말할 필요도 없이 '찻기둥'이라는 말을 가르쳐준 스즈였다.

교실에 들어서자마자 가노코는 스즈의 책상으로 곧장 다가갔다. 자리에서 조용히 알림장을 읽던 스즈는 맹렬히 다가오는 가노코의 기세에 순간 주춤한 표정을 지은 뒤, "왜?" 하고 약간 경계하는 목소리로 물었다.

"찻기둥!"

"어?"

"아니다, 차를 끓인 게 아니니까 찻기둥이 아니네. 그렇지만 찻기둥!"

가노코는 책상 양끝에 손을 얹고 가슴을 앞으로 내민 자세로 단숨에 이야기했다. 어제 처음 '찻기둥'이라는 말을 들었다는 것, 집으로 돌아가 어머니에게 그 뜻을 가르쳐달라고 했다는 것, 식구들과 같이 연거푸 차를 마셨지만 찻기둥이 한 번도 서지 않았다는 것, 아침식사 때도 그랬다는 것, 그러나 그뒤에 글쎄, 화장실에서 그것을 발견했다는 것, 아무래도 찻기둥과는 다르겠지만, 그래도 역시 찻기둥이라고 생각한다는 것……

"아, 맞다, '유감천만'의 뜻 말이지……"

화장실에서 본 것에 관해 상세한 보고를 마친 뒤, 이어서 질문에 대한 답으로 옮겨가려던 가노코는 문득 스즈의 표정을 살폈다.

저도 모르게 다음 말을 잊어버릴 정도로, 스즈는 눈을 동그랗게 뜨고 가노코를 응시하고 있었다.

스즈가 별안간 벌떡 일어났다.

기세에 눌려 반걸음 뒤로 물러선 가노코 앞에서 스즈의 표정과 안색은 흡사 만화경처럼 빠른 속도로 변했다. 급기야는 얼굴이 새빨개졌다 싶더니 스즈는 몸을 홱 돌려 가노코가 말을 걸 겨를도 없이 교실 밖으로 달려나갔다.

임자 없는 책상 앞에 가노코는 우두커니 서 있었다.

역시 아침부터 화제로 삼기에는 너무 품위가 없었나 반성했지만, 그때는 이미 엎질러진 물이었다.

보아하니 가노코는 스즈에게 단단히 노여움을 산 모양이었다.

그날 아침을 경계로 스즈는 가노코에게 더할나위없이 명확한 거부의 자세를 보이기 시작했다. 가노코가 조금이라도 가까이 갈라치면 꼭 자석이 밀려나듯 벌떡 일어섰다. 교실 이동중에 우연히 시선이 마주치기만 해도 얼굴이 새빨개져서 고개를 획 돌려버렸다. '전기 당번' 일을 마치고 현관으로 쫓아가면 스즈는 운동장을 전력질주해서 달아났다.

말을 붙여볼 여지조차 없는 스즈의 태도에, 가노코는 완전히 의기소침해지고 말았다.

찻기둥에 대한 열정도 사그라들어버렸다. 가노코는 귀중한 일요일도 다실 바닥을 뒹굴며 게으르게 보냈다. 월요일에 있는 미술시간 준비물로 아버지가 사다준 새 크레용도 하얀 스케치북 옆에 그냥 던져두었다. 밥을 주러 마당에 나가서도 마찬가지였다.

"얘, 겐자부로, 네가 나 대신 학교 가주라. 아, 겐자부로는 할아버지니까 안 되라. 그럼 마들렌이 가. 이제 곧 급식이 시작될 테니까 밥 많이 먹을 수 있어. 우리 학교 급식, 굉장히 맛있대."

좌우지간 기운이 없었다.

관계가 결렬된 아침으로부터 일주일이 지났다.

비가 와서 노란 장화를 신고 등교한 가노코는 현관에서 신발을 갈아 신느라 고전하는 중이었다. 비 오는 날의 학교 현관은 축축한 냄새가 나서 숨이 막히고 답답하다. 간신히 오른발을 벗고 남은 왼발을 벗으려고 다시 쭈그리고 앉았는데, 머리 위에서 갑자기 목소리가 들려왔다.

"가노코."

웅, 하며 고개를 들어보니 눈앞에 스즈가 서 있었다.

"나도 섰어."

시선이 마주치자마자 어딘가 절박한 표정으로 스즈가 입을
열었다.

"어? 뭐가?"

"찻기둥."

스즈의 얼굴에 웃음꽃이 활짝 피었다. 그리고 괴상한 외마디
비명을 지르나 싶더니 별안간 가노코의 손을 부여잡고는, 혼란
에 빠진 가노코에게 온 현관에 쩌렁쩌렁 울리도록 큰 목소리로
알렸다.

"나도 섰어, 화장실에서, 똥기둥!"

엉거주춤한 자세로 입을 딱 벌린 가노코의 두 손을 꽉 잡고 스
즈는 빠른 말투로 이야기하기 시작했다. 가노코에게 '찻기둥'
이야기를 들은 뒤로 지난 일주일간 분해서 혼났다고.

"분해? 뭐가?"

"그렇게 재미있는 걸 네가 먼저 발견했다는 게."

스즈는 당연한 것 아니냐는 듯 콧방울을 벌름거렸다.

가노코에게서 '찻기둥' 이야기를 들은 순간 스즈의 경쟁심은

활활 타올랐다. 그러나 결과가 좀처럼 나오지 않았다. 그러니 더욱 분하고 원통해서, 도무지 가노코를 아무렇지 않게 대할 수 없었다는 것이다.

"그, 그럼…… 아침 일찍 교실에서 처음 만난 후 내내 날 무시한 건?"

아, 그거. 스즈는 별안간 겸연쩍은 웃음을 짓고는 "미안" 하고 중얼거렸다.

"코 나부나부를 들켜서."

"나부나부?"

"나비 말이야."

그 순간 가노코의 뇌리에 양 엄지를 콧구멍에 꽂고 나머지 네 손가락을 딱 붙여 날갯짓하는 스즈의 모습이 되살아났다.

"그런 꼴을 남한테 보였으니 창피하잖아. 그때는 머릿속이 새하얘졌지 뭐야."

"하나도 안 창피해."

오히려 근사해. 가노코는 몹시 진지한 표정으로 고개를 끄덕였다.

"봐봐."

가노코는 왼발에 장화를 남겨둔 채 일어나 양 엄지를 콧구멍에 확 찔러넣었다. 그리고 나머지 손가락을 팔랑거렸다.

스즈는 눈이 휘둥그레져서 그 모습을 응시했다.

"어때?"

가노코가 콧소리로 물었다.

"되게 잘한다."

습기로 축축한 현관에서 둘은 얼마 동안 코 나부나부를 했다. 그러고는 교실까지 어깨를 나란히 하고 걸었다. 가노코가 다시 한 번 '유감천만'의 뜻을 알려주자, 스즈는 그렇게 어려운 말을 알다니 대단하다고 한바탕 감탄한 뒤, "맞다, 하나 더 물어도 돼?" 하고 다른 말에 대한 설명을 부탁했다.

"그건 아마……"

질문을 받은 가노코는 일단 말을 멈추고 스즈의 얼굴을 빤히 바라보았다.

"우리를 말하는 걸 거야."

"문경지우가?"

"응, 문경지우."

"아닌 게 아니라 그렇네. 똥 친구니까.*"

스즈가 깔깔 웃었을 때, 가노코는 드디어 둘도 없는 '문경지우'를 가지게 되었다.

---

* 일본어로 똥은 '문경'과 발음이 비슷하다.

🐾

　방과 후, 가노코네 반 교실에는 선생님이 혼자 남아 작업을 하고 있었다.

　선생님은 사다리에 올라가 '첫 그림'이라고 쓰인 종이를 벽 맨 위에 붙였다. 그리고 그 밑에 반 아이들이 2교시 미술시간에 그린 그림들을 차례대로 핀으로 고정했다.

　그림을 다 붙였을 때, 옆 반 남자 선생님이 훌쩍 들어왔다.

　벽 한가득 붙은 아이들의 그림을 남자 선생님은 실눈을 뜨고 올려다보았다.

　"최근 가장 즐거웠던 일을 마음대로 그려보세요."

　선생님의 지시에 따라 아이들이 크레용으로 그린 그림에는 교실과 교정, 그네, 물웅덩이, 친구, 가족, 자동차, 기차, 태양, 꽃, 무지개가 색색으로 펼쳐져 있었다.

　처음부터 끝까지 하나하나 열심히 들여다보던 남자 선생님의 눈길이 마지막 줄에서 갑자기 멈춰 섰다.

　"저게 뭡니까?"

　남자 선생님이 의아한 얼굴로 물었다.

　"어라, 저쪽 그림도 같은 걸 그린 건가?"

　"어느 거요?" 여선생님이 묻는 말에 남자 선생님은 "저것하고 저것 말입니다" 하며 손가락으로 가리켰다.

"정말이네. 뭐죠?"

둘 다 동그라미 같은 것을 종이에 꽉 차도록 커다랗게 그린 그림이었다. 동그라미 안쪽은 밝은 하늘색 크레용으로 꼼꼼하게 칠했고, 그 한복판에는 굵은 갈색 막대기 같은 것이 세로로 떠 있었다. "스즈, 이쪽은 가노코." 선생님이 그린 사람의 이름을 읽었다.

"꼭 추상화 같군요."

"네. 하지만 묘하게 즐거워 보이는걸요."

두 선생님은 얼마 동안 두 그림을 번갈아 보며 그것이 무엇을 나타내는지 진지하게 고민했지만, 끝내 알아내지는 못했다.

2장
·· 마
들
렌
여
사

한 누렁 암고양이의 이름에 언제부터 '여사'를 붙여 부르게
됐는지 지금에 와서는 분명치 않다. 그러나 그 이유 중 하나가
'외국어를 할 수 있기 때문'이라는 것만은 의심의 여지가 없다.

물론 '외국어'뿐 아니라 인간의 말을 알아듣고 글까지 읽을
수 있다는 것은 찬사를 받아 마땅한 능력이었으나, 이는 결코 드
문 일이 아니다. 실제로 회색 줄무늬 고양이 와산본도 사람과 생
활하는 사이에 글은 못 읽어도 하는 말의 반 정도는 자연히 이해
할 수 있게 되었다. 아침 집회에 얼굴을 비치지는 않지만, 인간
의 글을 읽을 줄 아는 고양이가 동네에 두 마리 더 있다는 소문
도 있다.

그러나 개에 관해서는 이야기가 다르다.

원래 고양이는 개의 말을 전혀 이해하지 못한다.

언어능력이 아무리 떨어지는 고양이라도 삼 개월만 같이 살면 인간의 말을 최소 열 개는 알아들을 수 있게 된다. 그러나 개의 말만은 아무리 오래 들어도 안 된다. 주인이 매일 불단 앞에서 읊조리는 반야심경을 완벽하게 암기할 정도로 귀썰미가 있는 고양이도, 똑같이 매일 옆집에서 짖어대는 개의 목소리는 죽을 때까지 언어로 인식하지 못한다. 그저 단조롭고 멋대가리 없는 포효로 들릴 뿐이다.

그 때문에 고양이 세계에서 개의 말은 '외국어'인 것이다.

정확히 일 년 전, 아침 집회에서 "최근에 '외국어'를 알아들을 수 있는 고양이가 왔다던데요"라고 점박이 캔디가 맨 처음 소식을 전했을 때도, 그 자리에 있던 고양이들 아무도 그 말을 믿지 않았다. 고양이들에게 개의 말을 이해한다는 것은 개미의 노래를 알아들을 수 있는 것이나 마찬가지였기 때문이다. 거의 묵살이나 다름없는 반응이 공터를 메운 가운데, "데려와봐요" 하고 천진하게 제안한 것은 호기심 왕성한 삼색 고양이 미켈란젤로였다.

"말도 안 돼요."

캔디는 즉각 거절했다.

"방금 외국어를 한다고 했죠. 그 고양이, 개랑 같이 산단 말이에요. 듣자 하니 가끔 개집에서 잔다던데, 어떻게 그런 데 가까이 가는 거죠? 난 절대 사절이에요."

"어디에 산대요?"

"여기서 북쪽으로 가면 네거리가 있는데, 거기 모퉁이에 있는 오래된 집이에요. 전에 쥐가 많이 잡히던 곳 있잖아요. 늙은 시바견이 있는 집인데."

"그럼 내가 갈게요. 그 개는 얌전하니까 괜찮아요."

"미켈란젤로도 참, 취향도 별나지."

곁에서 와산본이 비아냥거리듯 말했다.

"어머, 당신은 확인하고 싶지 않아요?"

햇빛을 받아 세로로 길어진 미켈란젤로의 동공을 한참 동안 빤히 응시하던 와산본은 "뭐, 부정하지는 않겠어요" 하며 콧방귀를 뀌고 시선을 돌려버렸다.

사흘 뒤, 미켈란젤로가 한 고양이를 데려왔다.

"그런 묘한 소문이 난 녀석이니 분명히 혈통서가 딸린 늘씬한 서양 고양이겠지."

고양이들이 근거도 없이 멋대로 그렇게 상상했건만, 실제로 등장한 것은 매우 평범한 누렁 줄무늬의 일본 고양이였다. 고양이들은 맥이 빠지는 동시에 강한 의심에 사로잡혔다.

"정말 외국어를 할 줄 아는 거 맞아요? 미안하지만 전혀 그렇게 안 보이는데요."

모두의 속마음을 대표해 와산본이 서슴없이 질문했다.

누렁 고양이는 매우 침착한 목소리로 대답했다.

"개의 말을 아는 게 아니라, 우리집 양반 말만 알아듣는 거예요."

"우리집 양반이라니요?"

미심쩍게 되묻는 와산본에게 누렁 고양이는 남편의 이름을 말했다.

"다, 당신, 개랑 결혼했단 말이에요?"

와산본이 숨넘어갈 듯한 목소리로 물었다. 주위에서도 비명이 터져나왔다.

"뭐 이상해요?"

"자, 잠깐만요, 상대가 개잖아요."

"왜요? 서로 말이 통하니 상관없다고 보는데요."

"상관없다니…… 종이 다르잖아요. 아이도 낳을 수 없는걸요."

나이 지긋한 암고양이가 참다못해 옆에서 끼어들었다.

"그래요, 물론 그렇죠. 하지만 서로가 원한다면 같이 살아도 되지 않나요?"

누렁 고양이가 너무나도 당연하다는 듯 자신 있게 이야기하는 바람에 그 자리에 있던 고양이들은 순간 '그런 건가' 하고 조용해졌다. 그러나 금세 '아니, 그럴 수는 없어'라며 생각을 바꾸고 저마다 부르짖었다.

"거, 거짓말이죠? 도대체가 그런 일이 있을 리 없잖아요. 암요, 그런 말을 누가 믿어요?"

"그럼 어떻게 하면 되겠어요?"

주위 목소리에도 흔들림 없이 누렁 고양이가 조용히 말했다.

"어떻게 하다니요?"

와산본은 동요를 감추듯 일부러 싸늘한 눈초리로 대꾸했다.

"부탁이 있어요."

"부탁?"

"이 집회에 여러분의 일원으로 넣어주지 않겠어요? 여기 이분이 이리로 오는 길에 아주 좋은 멤버들만 모여 있다고 했거든요. 아닌 게 아니라 여러분 모두 기품 있는 암고양이들인데다, 여기도 아주 좋은 곳이군요."

누렁 고양이는 공터를 한 바퀴 둘러본 뒤, 등뒤에 있는 미켈란젤로에게 시선을 옮겼다. 미켈란젤로는 "어머나" 하며 부끄러워했고, 다른 고양이들은 "호오" 하고 일제히 탄성을 질렀다. 좌우지간 고양이는 칭찬에 약하다. 누렁 고양이의 한 마디로 외국어 문제는 뒷전으로 밀려나고 화기애애한 분위기가 공터에 퍼지려는 순간, "조건이 있어요"라며 와산본이 날카롭게 제동을 걸었다.

"이야기 아직 끝나지 않았어요. 그렇게 '할 수 있다'고 한 마디 한 걸로 당신이 정말 외국어를 할 수 있다고 인정할 순 없죠. 확실한 증거를 보여줘야지 않겠어요?"

"어머, 와산본, 웬 심술이에요?"

"무슨 소리예요? 따지고 보면 당신이 먼저 꺼낸 말이잖아요. 안 그래요, 미켈란젤로?"

삼색 고양이 미켈란젤로를 험악한 눈초리로 쳐다본 뒤, 와산본은 "어때요?" 하며 누렁 고양이에게 고개를 돌렸다.

"좋아요."

"그럼 이러는 건 어떻겠어요?"

그때까지 잠자코 사태의 추이를 지켜보던 점박이 캔디가 조용히 말했다.

"우리 집회 멤버이기도 한 샴고양이 밤순이가 이제 곧 새끼를 낳아요. 아마 내일이나 모레엔 낳을 거예요. 밤순이는 몸이 원래 별로 튼튼하지 못한데다 초산이기까지 해서 걱정이 크거든요. 그런데 옆집 바보 개가 온종일 짖어대서 밤순이를 겁주지 뭐예요. 안심하고 해산에 집중할 수 있도록 당신이 어떻게 해줄 수 없겠어요?"

캔디의 이마에 있는 하얀 얼룩과 검정 얼룩의 경계선을 얼마 동안 꼼짝 않고 응시하던 누렁 고양이는 "알았어요" 하고 조용히 대답했다.

"그렇게 간단히 수락해도 되겠어요? 옆집 바보 개는 이 일대에서도 유명한 구제불능 단세포 셰퍼드인데."

걱정하는 미켈란젤로에게 누렁 고양이는 "괜찮아요" 하고 대꾸한 뒤, "그럼 여러분, 일단 실례하겠어요" 하고 공터를 떠났다.

삼십 분 뒤, 동네 한쪽에서 별안간 개가 짖기 시작했다.

곧이어 그 주변에 사는 개들도 일제히 소란을 피우기 시작하고, 흡사 파문이 퍼져나가듯 인접 구역까지 시끌벅적해졌다. 개들의 울음소리는 동네 외곽을 향해 거미줄처럼 퍼져나가더니 이윽고 뚝 끊겼다.

그로부터 사흘간 동네 개들은 단 한 번도 짖지 않았다. 정적의 시간은 샴고양이 밤순이가 난산 끝에 새끼 다섯 마리를 낳을 때까지 끈기 있게 이어졌다.

이튿날 아침, 멤버 전원이 모인 공터에 누렁 고양이가 나타났다.

"대체 어떻게 한 건지 가르쳐주겠어요?"

맨 먼저 입을 연 캔디에게 누렁 고양이는 담담히 대답했다.

"별일 안 했어요. 우리집 양반은 그리 큰 소리를 못 내기 때문에, 내가 전한 내용을 마침 산책중에 집 앞을 지나가던 골든 리

트리버한테 알린 것뿐이에요. 그걸 단숨에 온 동네에 퍼뜨려달라고 한 거죠."

"그치들을 사흘씩이나 입 다물게 하다니, 바깥 분이 꽤나 신망이 있나봐요."

와산본이 중얼거렸다.

"저번엔 실례가 많았어요. 당신이 꼭 우리 멤버가 되어주면 좋겠네요. 그리고 무사히 어미가 된 밤순이도 감사의 말을 전해달라고 했답니다."

그러고는 담장에서 뛰어내려 누렁 고양이 앞으로 다가왔다.

"성함을 알 수 있을까요?"

와산본이 정중히 물었다.

누렁 고양이는 잠시 생각하듯 고개를 갸웃하더니 대답했다.

"마들렌."

"얘, 얘, 잠깐만 일어나볼래?"

그 목소리에 다실 툇마루에서 꾸벅꾸벅 졸던 여사가 마지못해 눈을 뜨자, 아니나 다를까 눈앞에 가노코의 얼굴이 있었다.

"얘가 마들렌."

가노코는 옆에 있는 여자애 쪽으로 오른손을 내밀고 여사를 소개했다.

"흐응." 짤막하게 땋은 머리채가 양쪽 귀 뒤에서 통통 튀는 여자애가 무릎을 굽히고 여사를 유심히 뜯어보았다.

"어때?"

"좀 못생긴 것 같기도 하고."

"만져봐도 돼."

"아니, 괜찮아."

마들렌 여사는 고개를 들고 여자애를 노려보았다. 마들렌 여사는 인간에게 '못생겼다'는 말을 자주 듣는다. 인간세계와 고양이 세계의 미적 기준은 완전히 다르기 때문에 그리 진지하게 받아들이지는 않지만, 그래도 불쾌한 말임에는 틀림없다.

눈을 위로 치뜨고 노려보는 마들렌과 시선이 마주치자, 여자애는 "눈이 초록색이네!" 하고 새된 목소리로 탄성을 질렀다.

"낮이라서 동공이 가늘어진 거야."

가노코는 여사의 얼굴을 양손으로 붙잡아 가부키 배우 얼굴처럼 되도록 뒤로 잡아당겼다. 이 짓을 당하면 수염이 모두 짓눌리기 때문에 그렇게 기분 나쁠 수 없다.

가노코의 손에 힘이 빠짐과 동시에 여사는 아이를 피해 서둘러 툇마루 끝으로 자리를 옮겼다.

"그리고 이쪽이 겐자부로."

가노코는 마당 구석으로 가 개집 앞에 멈춰 섰다.

"어, 개도 있어?"

"응."

"고양이랑 안 싸워?"

"안 싸워. 겐자부로는 수컷이고 마들렌은 암컷이니까 부부같이 사이가 좋은걸."

여자애는 가노코의 등뒤로 돌아가 주뼛주뼛 개집 안을 들여다보았다.

"안에 있어? 안 짖어?"

"하나도 안 짖어. 겐자부로는 늙었으니까."

"자고 있네."

"더울 땐 거의 자. 만져봐도 돼."

"아냐, 괜찮아."

개와 고양이의 소개를 끝내고 가노코는 현관으로 갔다.

"엄마, 스즈가 왔어! 다회!"

둘은 집 안으로 들어갔다.

툇마루에서 여사는 몸을 일으키고 하품과 함께 기지개를 쭉 켰다. 그러고는 도로 앉아 소나무 가지에 들러붙어 요란하게 울어대는 기름매미를 올려다보았다. 오른 다리로 세수를 하며, 근래 들어 가노코가 귀찮게 굴던 게 이 때문이었나 하고 생각했다.

며칠 전부터 가노코는 마당에 밥을 주거나 물을 갈아주러 올 때마다,

"얘, 마들렌. 요번에 친구를 초대하기로 했거든. 스즈란 애야."

"있지, 겐자부로. 스즈가 한 번이라도 좋으니까 다회를 해보면 좋겠다고 하잖아. 그래서 우리집에서 할 수 있다고 가르쳐줬더니 스즈가 얼마나 좋아하던지. 엄마한테 스즈를 초대해서 다실 써도 되느냐고 물었더니 된대."

"왜 다회를 하자는 말이 나왔냐면, 저번에 학교 도서실에서 한 여름 독서교실에서 선생님이 『빨간 머리 앤』을 읽어주셨거든. 거기 다회 장면이 나왔는데 진짜 즐거워 보이지 뭐야. 마들렌, 너 그거 아니? 외국에도 다회가 있다? 다회를 영어로 티 파티라고 한대."

이렇게 줄기차게 떠들어댔다.

여사는 다회가 무엇인지 몰랐으므로, 나중에 "그게 뭐예요?" 하고 겐자부로에게 물었다.

"저기 다실에서 차를 마시는 거요. 세상을 떠난 할머니가 차를 가르치는 선생님이라 곧잘 사람들을 모아다 열었지."

"차만 마시는데 선생님이 필요해요?"

"그래요. 차를 마시기 전에 이것저것 하거든."

"별걸 다 하는군요."

"인간이 하는 일은 뭐든 다 특이한 거요."

남편과 주고받은 말을 돌이켜보고, 마들렌은 약간 호기심이 동해 툇마루에서 유리 너머로 안을 들여다보았다. 얼마 있다가 가노코가, 이어서 스즈라 불린 여자애가 다실로 들어왔다. 가노코는 환기를 위해 마당으로 나 있는 유리창을 열고는 방구석에 쌓인 방석을 가리켰다.

"아, 스즈, 거기 그 방석 써."

그러나 스즈는 입구의 샛장지를 잡은 채 약간 당황한 표정으로 우두커니 서 있기만 했다.

"왜?"

가노코는 툇마루에 쭈그리고 앉아 여사의 턱 밑을 간질여주며 스즈를 돌아보았다.

"여기서…… 다회를 하는 거야?"

"응, 다실이야. 봐, 저기 수도꼭지가 있잖아? 할머니가 계셨을 때는 물을 끓이는 가마솥도 있었어."

스즈는 여전히 뭔가 석연치 않은 표정으로 실내를 둘러보았다.

"이거, 다다미에 앉아서 하는 거지?"

"응. 방석, 맘에 드는 걸로 골라서 깔고 앉아."

가노코의 말에 스즈는 한 발짝 안으로 들어섰다가 또 금세 멈춰 서고는 더욱 신중한 말투로 물었다.

"저기, 앤은 외국 사람이지?"

"그렇지. 나오는 사람들이 전부 캐나다 사람이었잖아."

"그럼 앤의 나라에도 이런 방이 있었을까?"

스즈의 날카로운 지적에 순간 가노코는 여사의 턱 밑을 간질이던 손가락을 멈추었으나, 금세 "있어" 하고 힘주어 말하며 족자를 가리켰다.

"봐, 중국에도 있잖아."

"이거 중국 그림이야?"

스즈는 이번에는 흥미를 느끼고 단숨에 방을 가로질러 장식단의 족자를 가까이서 살펴보았다.

"응, 아빠가 이 우산은 중국 우산이랬어. 입은 옷도 어쩐지 중국 느낌이 나고. 그러니까 중국이야. 봐, 이 뒤에 있는 건물. 다들 바닥에 앉아서 차를 마시잖아?"

"진짜네. 아, 말이 묶여 있어."

"중국에 있으면 앤의 나라에도 있을 거야."

"그렇구나." 팔짱을 끼고 한동안 말없이 숙고한 끝에 스즈는 "앤의 나라에도 있겠다" 하고 납득한 표정으로 고개를 끄덕였다.

마들렌 여사는 툇마루에 누워 앞으로 쭉 뻗은 앞다리에 턱을 얹은 채 두 여자애가 다회를 준비하는 모습을 지켜보았다. 스즈가 방석을 두 개 깔자, 가노코가 쟁반에 과자 접시와 찻주전자를 얹어 위태로운 발걸음으로 들어왔다.

"저런, 아니외다. 손님은 그냥 계시구려."

일어나 거들려 하는 스즈를 가노코가 제지하고 방석과 방석 사이에 조심조심 쟁반을 내려놓았다.

"그럼 다회를 시작하겠소이다."

가노코는 스즈의 정면에 마주 앉아 자세를 갖추었다.

"여기 과자를 준비했소이다."

"생큐외다."

"덥소이까?"

"약간 덥소이다."

"그렇다면 선풍기 스위치를 켜겠소이다."

"송구하외다."

쟁반을 가지러 가기 전에 가노코는 '선생님이 읽어주신 책에서 앤이 한 것처럼 어른스러운 다회를 하자. 앤 못지않게 정식으로, 어른스러운 분위기로 해보자'고 스즈와 사전회의를 했다. 보아하니 '정식으로, 어른스러운 분위기'를 자아내는 비결은 좌우지간 말끝에 '—외다'를 붙이는 것인 모양이었다.

"흠, 이 그릇의 과자는 무엇이외까?"

"이것은 마들렌이외다."

"오오, 마들렌이오니까?"

"엄마가 구워주셨소이다. 엄마는 마들렌을 잘 굽소이다."

그럼 실례. 스즈가 하나를 집어 덥석 먹었다.

"와, 맛있다! 아니, 굿이외다. 폭신폭신하외다."

"진짜? 다행이다. 엄마가 네 입에 맞을지 모르겠다고 걱정 많이 했거든. 기쁘다, 얘. 아니, 경축해 마지않는 바이외다."

두 사람은 한입 가득 마들렌을 먹고 찻주전자에서 따른 차를 "뜨겁소이다, 뜨겁소이다" 하며 홀짝홀짝 마셨다. 마들렌 여사는 그 광경을 바라보며 다회란 참 묘한 것이구나 하며 놀랐다. 인간은 고작 접시 하나에 놓인 과자를 먹고 차 한 잔을 마시기 위해 일부러 저런 방을 꾸미는가 싶어 어처구니가 없었다.

"그러고 보니 외람된 말씀이오나……"

오랜 시간을 들여 차를 다 마신 뒤, 스즈는 찻잔을 내려놓았다.

"무엇이오니까, 스즈 공."

"마들렌이라 하오면 저 고양이 이름 또한 마들렌이외다."

"스즈 공은 역시 날카로우시구려."

가노코는 접시에 남은 두 개의 마들렌 중 하나를 집어들고 말했다.

"저것은 누렁 고양이오이만, 보시오, 이 마들렌과 색이 비슷하지 않소이까? 아니, 이건 좀 탄 것 같긴 하지만."

그러고는 접시에 남아 있던 쪽과 바꿔들고 "이쪽도 좀 까만가" 하고 중얼거리며 툇마루의 여사와 색을 비교했다.

"작년이었소이다. 고릴라…… 아니고, 음, 갑자기 천둥이 치고 비가 오는 게 뭐였지?"

"게릴라성 호우."

"그래! 게릴라성 호우가 있었소이다. 그때 마들렌이 어디선가 나타나 우리 개집으로 피해온 것이외다."

"어머나! 겐자부로는 짖지 않았소이까?"

"짖지 않았소이다. 천둥이 그치고 마들렌이 나올 때까지 겐자부로는 밖에서 꼼짝 않고 비를 맞으며 기다렸소이다."

"사나이 대장부구려, 겐자부로."

"벌써 할아버지외만, 겐자부로."

두 사람은 거기서 잠깐 쉬고 각각 마지막 마들렌을 해치웠다.

"그때부터 마들렌은 여기 있는 것이오?"

"응, 일주일 지나도록 아무 데도 안 가서 아빠가 우리집 고양이라 생각하자고 하셨소이다. 이름을 짓는 단계에서 소인이 마들렌과 색이 비슷하니 마들렌으로 하자고 했소이다. 마들렌은 엄마가 잘 굽는 과자외다."

"좋은 이름이구려, 마들렌. 저 예쁜 털에 딱 맞소이다."

"고맙소이다."

두 사람은 툇마루로 방석을 옮기고 다리를 달랑달랑 흔들며 매미의 합창에 질세라 이야기꽃을 피웠다.

"이제 곧 1학년 여름방학도 끝나는구려."

"그렇구려. 눈 깜짝할 새 지나갔소이다."

"숙제는 끝났소이까?"

"아니, 전혀. 완전 큰일이외다."

"소인도 그렇소이다." 무거운 한숨을 내쉬고 스즈는 옆에 누운 여사를 살짝 쓰다듬었다. 조금 전 털을 칭찬해준 것이 썩 싫지는 않아서, 여사는 잠자코 스즈의 조그만 손가락이 등을 훑는 것을 받아들였다.

쇠사슬이 잘그락거리는 소리에 여사가 돌아보니, 낮잠을 다 잔 겐자부로가 개집에서 천천히 나오는 참이었다.

"다회는 끝났소?"

겐자부로가 하품을 하며 물었다.

"네, 끝났나봐요."

"그럼 지금은 뭘 하는 거요?"

겐자부로의 물음에 마들렌 여사는 바로 위에 있는 두 아이의 얼굴을 올려다보았다.

"모르겠네요."

무슨 생각인지 두 아이 다 양쪽 콧구멍에 엄지를 쑤셔넣고 나머지 손가락을 팔랑거리고 있었다.

"별난 아이들이로군."

겐자부로가 웃었다.

"그러게요, 별난 아이들이에요."

매미가 울음을 그칠 때까지 두 아이는 내내 손가락을 팔랑거리고 있었다. 그러더니 욕조에서 얼굴을 물에 담그고 얼마만큼 버틸 수 있는지 이야기했다. 그동안 등을 쓸어주는 스즈의 손가락이 의외로 기분 좋아서, 여사는 분하지만 깜빡 잠이 들었다.

공터에서 마들렌 여사가 돌아왔을 땐, 마침 겐자부로가 마당 구석에서 아침 용변을 마친 참이었다.

"잘 잤어요? 나 왔어요."

"그래, 당신도 잘 잤소? 오늘도 공터에 다녀오는 길인가?"

겐자부로는 형식적으로 흙을 덮고 몸을 부르르 떤 다음 일어섰다.

"네, 역시 똑같더라고요."

여사는 억양 없는 목소리로 대답하고는 대접에 입을 대고 날벌레가 뜬 부분을 피해 물을 할짝거렸다.

"이제 그곳은 어떻게 될까요."

"집이 들어선다면 얼마 안 있어 공사가 시작되겠지. 여기서 두 구역 떨어진 곳에 콜리가 사는 집이 있잖소? 전에 그 집도 판매 표찰이 없어진 바로 그 주에 공사가 시작됐거든. 벽보는 아직 붙어 있소?"

"다 낡기는 했어도 도로변 입간판에 '분양중'이라고 쓰여 있던데요."

겐자부로는 '흐음' 하고 콧바람을 불고는 느릿한 발걸음으로 빨간 플라스틱 밥그릇에 다가갔다. 그리고 바닥에 드문드문 남아 있는 사료를 입에 넣고 이따금 끙끙 신음하며 씹었다.

"아파요?"

마들렌 여사는 옆에서 걱정스레 남편의 얼굴을 들여다보았다.

"여기저기 다 아프지."

늙은 개는 웃으며 말했다.

"남기면 되잖아요. 그럼 알아차리고 부드러운 걸로 바꿔줄 거예요."

"난 이 사료 맛이 좋거든. 깡통에 든 건 부드럽기는 해도 영

기름져서."

"하지만⋯⋯"

"전에 이걸 남기고 깡통에 든 것도 남겼더니 사료를 뜨거운 물에 불려주지 뭐요. 정말 끔찍했지. 그런 건 두 번 다시 먹고 싶지 않아."

어지간히 맛이 고약했는지 쥐어짜는 듯한 목소리로 말하더니, 겐자부로는 다시 끙끙거리며 사료를 조금씩 먹었다.

"있죠, 지금까지 먹은 것 중에 제일 맛있었던 건 뭐예요?"

"어디 보자."

겐자부로는 그리 혈색이 좋지 못한 잇몸을 안쪽까지 드러냈다.

"붉은 날고기가 제일 맛있었군. 지금은 돌아가시고 없는 할머니가 어느 날 갑자기 주지 뭔가. '신령님이 머리맡에 나타나신 기념'이라나 뭐라나, 묘한 소리를 하며 말이지. 연한 건 물론이고 기름기도 적고, 그러면서 풍미가 있는 게⋯⋯ 참 맛있었다오."

그러고는 사료를 오독오독 소리 내어 부수었다.

"또 먹고 싶어요?"

"음, 그럼 좋지."

당시의 기쁨이 생각났는지, 말라빠진 궁둥이에서 축 늘어져 있는 푸석푸석한 꼬리가 좌우로 비실비실 흔들렸다.

"그러고 보니 오늘로 일 년이구려."

겐자부로가 갑자기 화제를 바꾸었다.

"일 년? 뭐가요?"

"당신이 처음 여기 온 거 말이야."

겐자부로는 빈 밥그릇을 꼼꼼하게 핥고는 덧붙여 말했다.

"비가 억수같이 퍼붓던 그날."

갈증을 해소한 뒤 동백나무 밑에 식빵 자세로 웅크리고 앉아 있던 여사는 생각지도 못한 말에 당황해 괜히 일어나 동백나무 주위를 빙글빙글 돌았다. 그러고는 조바심에서 비롯된 긴장을 풀기 위해 멈춰 서서 하품을 쩍 했다.

"몰랐네요. 미안해요."

"괜찮아."

"하지만 그때는 정말 놀랐지 뭐예요."

"천둥 말인가?"

"천둥도 천둥이었지만, 그보다 당신 말이 들린 것 말이에요. 하도 놀라서 천둥소리까지 잠깐 안 들릴 정도였어요."

하하, 그랬나. 겐자부로는 웃으며 옆에 있는 물그릇으로 옮겨 갔다.

"나도 놀랐다오. 허둥지둥 집에 들어가려 했더니 어느새 고양이가 들어와 있지 뭐요."

"아직 멀리 떨어져 있다고 생각했는데, 별안간 머리 위에서 천둥이 치잖아요. 비도 억수같이 쏟아지기 시작하지, 그래서 담장에서 뛰어내려서 영문도 모른 채 그 좁은 곳으로 뛰어든 거예요. 이상하죠. 냄새로 알 수 있었을 텐데. 하지만 그때는 경황이 없었어요."

동백나무 밑에 다시금 웅크리고 앉은 여사는 창피함을 얼버무리듯 바삐 몸단장을 하기 시작했다.

"당신, 그때 왜 날 내쫓지 않았어요?"

"우리하고는 달리 고양이의 털은 물에 약하니 말이지. 그렇게 비가 쏟아지는데 어떻게 내쫓겠나."

"정말요?"

의심 어린 여사의 목소리에 겐자부로는 "왜 그러오?" 하고 되물었다.

"당신, 날 처음 봤을 때 뭐라고 했는지 잊어버렸군요?"

겐자부로는 기다란 혀로 대접의 물을 마시다 말고 "음?" 하며 여사를 돌아보았다.

"'이거 난감하군, 나도 천둥이라면 질색인데.' 당신, 그랬다고요."

"하하하, 이거야 원." 겐자부로는 쓴웃음을 짓고는 여사 쪽으로 궁둥이를 돌리고 대접에 코끝을 감추고 말았다.

"그렇게 놀란 건 처음이었다고요. 더는 피할 곳이 없다고 체념했는데, 느닷없이 눈앞의 개가 말을 하니 말이죠."

"그건 나도 마찬가지야. 비가 그치자마자 '신세 졌습니다' 하고 고양이가 느닷없이 인사를 하는 게 아니오."

"이상하죠. 난 어떻게 당신 말을 알아들은 걸까요?"

"난 어떻게 당신 말을 알아들었을까. 당신이나 나나 아무리 생각을 해봐도 마찬가지요. 결국은 알 수 없는 거요."

겐자부로는 불안정한 발걸음으로 방향을 틀어 옹달진 담장 밑 우묵땅으로 갔다. 쇠사슬이 미치는 범위 내에서 겐자부로가 가장 서늘함을 느낄 수 있는 곳이었다. 겐자부로는 고단한 듯 몸을 누이고 머리를 땅에 내려놓았다. 일 년 전에 비해 눈에 띄게 앙상해진 옆구리에는 갈비뼈가 희미하게 드러나 있었다. 숨을 쉴 때마다 오르내리는, 가죽이 얇아 보이는 옆구리를 여사는 슬픈 마음으로 응시했다.

"그러고 보니 꽤 오래전에 캔디가 당신한테 고맙다고 전해달라고 했는데 잊어버렸네요. 옆집 강아지가 이젠 아주 얌전해졌대요. 무척 기뻐하더군요."

"그거 다행이군."

"어떻게 조용히 시켰어요?"

"쌍꼬리 고양이가 나온다고 했다오."

"쌍꼬리 고양이?"

"저런, 자기들 이야기인데 모르나?"

"처음 듣는 말인걸요."

"옛날엔 말이지, 고양이가 너무 오래 살면 꼬리 끝이 두 갈래로 갈라져 사람으로 둔갑한다고들 했거든."

"꼬리가 갈라져서 쌍꼬리라고요? 거짓말 말아요, 난 그런 고양이 본 적도 없네요."

"물론 인간이 멋대로 지어낸 이야기야. 그 때문에 예전엔 꼬리가 뭉툭한 고양이를 선호했다오. 일본 고양이에 꼬리가 짧은 종이 많은 건 그 때문이지."

여사는 고개를 틀어 자기 꼬리를 확인했다. 여사는 엄연한 일본 고양이지만 꼬리는 가늘고 길다.

"당신은 모르는 게 없네요."

"늙은이니 말이지."

겐자부로는 웃었다.

"그럼 캔디를 쌍꼬리 고양이라고 한 거예요?"

"산책 갔을 때 담 너머로 이야기한 느낌으론 아직 어린 테리어 같았거든. 너무 시끄럽게 굴었다간 옆집 고양이 할멈이 둔갑한다, 이 근방에서 쌍꼬리 고양이로 유명한 할멈이라고 겁을 좀 준 거요."

"어머, 너무해요."

"하지만 효과가 있었잖소?"

"그러게요, 즉효가 있었던 모양이에요."

하지만 캔디한테는 말 못 하겠네요, 하고 여사는 쿡쿡 웃더니 금세 도로 정색을 하고 탄식했다.

"아침 집회가 중지된 지 벌써 일주일이에요. 와산본이나 미켈란젤로와도 얼굴을 마주할 기회가 전혀 없네요. 아쉬워요."

여사는 몸을 일으켜 실외기 위로 이동했다. 고양이가 자기 생애에서 가장 충실하게 섬기는 것은 식욕도 성욕도 아닌 수면욕이다. 고양이는 하루 스물네 시간 중 열여섯 시간이나 잔다. 평균 십이 년을 산다고 계산하면 깨어 있는 시간은 사 년에 불과하다. 하도 잠만 자서 '네코寝子'*라 한다는 것이다.

그래서 여사도 갑자기 찾아온 졸음에 저항하지 않고, "이야기 도중에 미안하지만 잠깐 잘게요. 잘 자요"라고 남편에게 고하고는 실외기 위에 눕자마자 금세 잠이 들었다.

한 시간쯤 지났을까, 몸 아래 실외기가 별안간 작동하기 시작하는 바람에 여사는 잠에서 깨어났다.

마들렌 여사는 누운 채로 한껏 기지개를 켰다. 그러는 김에 하

---

* 고양이를 뜻하는 일본어도 '네코(猫)'로 음이 같다.

품도 하고 고개를 빙빙 돌리며 입을 다무는데, 그때 문득 실외기 아래로 늘어진 연갈색 꼬리가 시야에 들어왔다.

처음에는 잠이 덜 깨서, 혹은 기지개를 켜다가 볼살이 밀려올라온 탓에 눈의 초점이 맞지 않는 줄 알았다. 그러나 기지개를 다 켜고 원래 자세로 돌아와도 그 광경은 달라지지 않았다.

십 분간 계속 바라봐도 변하지 않는 광경을 눈앞에 두고, 여사는 현실을 받아들일 수밖에 없었다.

어쩐 일인지 꼬리가 둘이었다.

엉겁결에 소리를 지를 뻔한 것을 꾹 참고, 여사는 우선 남편의 낌새를 살폈다.

겐자부로는 담장 밑 우묵땅에서 몸을 말고 곯아떨어져 있다.

여사는 남편이 깨지 않게 기척을 죽이고 실외기에서 뛰어내렸다. 몸을 낮추고 잰 걸음으로 마당을 가로질러 대문 밑을 지나 밖으로 나갔다.

도로로 나와서야 돌아보니, 꼬리 두 개가 하늘을 향해 브이 자를 그리고 있었다. 하나씩 있는 꼬리는 많이 봤지만 두 개가 나란히 있으니 흡사 다른 생물이 흔들거리는 것처럼 보였다. 남편에게 이런 모습을 보여서는 절대 안 됐다.

어떻게 하면 좋을지 도무지 알 수 없었으나, 일단 와산본과 의논해보기로 했다.

와산본은 전에도 기이한 일을 여럿 목격한 모양이다.

예를 들면 '수컷 삼색 고양이' 같은.

'세상에 수컷 삼색 고양이는 존재하지 않는다'는 것이 고양이 세계의 상식이다. 실제로 여사도 수컷 삼색 고양이는 만나본 적이 없거니와 이야기를 들은 적도 없다. 대대로 삼색 고양이 집안에 태어난 미켈란젤로조차, "아무리 낳고 또 낳아도 수컷 삼색만은 태어나지 않더라고 어머니가 그러더라고요. 어머니도 할머니한테 같은 말을 들었다나 봐요. 할머니는 증조할머니한테 같은 말을 듣고, 증조할머니는 고조할머니한테……" 하며 그 존재를 강하게 부정했다.

그러나 와산본은 수컷 삼색 고양이를 만난 적이 있다고 한다. 할 일 없이 공원을 걷던 중이었다고 했다.

"당신은 있을 수 없는 일이라고 하지만, 실제로 우리 눈앞에도 외국어를 하는 고양이가 있잖아요?"

그와 같은 반론으로 와산본은 말 많은 공터 멤버들을 입 다물게 하는 데 성공했으나, 당사자인 여사조차 여태껏 '수컷 삼색 고양이는 존재하지 않는다'고 내심 생각하고 있었다.

그때, 와산본의 집으로 가는 최단 코스를 궁리하던 여사의 고막을,

"헉!"

인간의 외마디 비명이 거칠게 때렸다.

반사적으로 얼굴을 들자 오 미터 전방에 자전거가 서 있었다. 밀짚모자를 쓴 중년 여자가 안장에 걸터앉은 채 입을 딱 벌리고 여사를 보고 있었다.

"자, 잠깐, 이 고양이 뭐야…… 왜 꼬리가 둘이지?"

반쯤 뒤집힌 목소리가 들려왔을 때, 갑자기 여사의 시야가 휘청 흔들렸다.

"야오" 하는 묘한 목소리가 들린 순간, 여사는 어깨와 허리에 별안간 커다란 추가 달린 듯한 느낌에 사로잡혔다.

정신을 차려보니 눈앞의 중년 여자는 사라지고 없고, 대신 여자가 서 있던 곳에 자전거 한 대가 쓰러져 있고 그 옆에 누렁 고양이 한 마리가 웅크리고 있었다.

시선이 마주친 순간, 고양이는 몸을 홱 돌려 눈 깜짝할 새에 옆길로 달려가버렸다.

매우, 매우 불길한 예감이 들었다.

여사는 가노코네 집에서 바깥에 풀어놓고 기르는 고양이라는 입장상, 스스로 원하지는 않았지만 목에 연한 산호색 목걸이를

하고 있었다. 그런데 그 눈에 익은 산호색 목걸이를 한 누렁 고양이가 방금 어디론가 달려가버린 것이다.

여사는 좁은 도로가 교차하는 앞쪽 네거리까지 비틀비틀 나아갔다. 그리고 모퉁이에 설치된 주황색 기둥 앞에 멈춰 서서 도로반사경을 올려다보았다.

동그랗게 일그러진 풍경을 비추는 거울 한가운데에, 밀짚모자를 쓴 중년 여자가 얼빠진 표정을 짓고 있었다.

여사는 주뼛주뼛 발치를 내려다보았다. 조금 전부터 시야 아래쪽에 눈에 거슬리는 뭔가가 번갈아 보인다고 생각하면서도 일부러 확인하지 않았다.

아니나 다를까, 여사의 상반신을 지탱하는 두 다리와 갈색 신발이 보였다. 용기를 내어 손을 내밀어보니 분홍색 젤리같이 동글동글하고 말랑말랑한 발바닥 대신 평평한 손바닥이 나타났다.

여사는 발길을 돌려 자전거가 쓰러져 있는 곳으로 돌아갔다. 누렁 고양이는 그림자도 없었다. 여사는 몸을 굽혀 자전거를 일으켜세웠다. 내버려둬도 상관없겠지만, 여사는 천성이 성실하다.

"어머, 가토리 씨?"

그때 별안간 뒤에서 목소리가 들려오는 바람에 여사는 화들짝 놀라 돌아보았다.

여사가 아주 잘 아는 인간의 얼굴이 보였다.

"역시 가토리 씨군요. 오늘 서포터 활동 하시는 날이죠? 저희 집 가노코가 신세를 지겠네요."

장을 보러 가는 길인 듯한 가노코의 어머니가 공손하게 머리를 숙여 인사했다. 현명한 여사는 '아아, 난 가토리 씨라는 인간으로 둔갑하고 말았구나' 하고 순식간에 이해했다.

고양이는 물이라면 질색팔색을 한다.

개와는 달리 고양이는 체질상 바깥쪽 털이 물을 튕겨내지 못해서인데, 물론 사람으로 둔갑했다고 물이 싫은 마음이 사라질 리는 없다.

그런데도 지금 여사는 물속에 있다.

그것도 절망적이리만큼 사방이 물로 가득 찬 '풀장'이라는 곳에, 무슨 영문인지 아까부터 가노코와 손을 잡은 채.

일은 이렇게 된 것이었다.

가노코의 어머니와 헤어진 뒤 여사는 초등학교로 갔다. 더 정확히 말하자면, 몸이 타본 적도 없는 자전거에 제멋대로 올라타 페달을 밟기 시작한 것이다. 그뒤로는 뭐가 어떻게 된 일인지 모른다. 초등학교 정문으로 들어가 자전거를 세우고, 신발을 갈아

신고, 방문자 명부에 이름을 쓰고, '이러다 지각하겠네, 지각하겠어' 하고 중얼거리며 탈의실에서 서둘러 옷을 갈아입었다.

보아하니 여사는 '가토리 씨'가 본래 해야 할 일을 하는 듯했다.

물론 여사는 가토리 씨의 볼일에 아무런 관심도 없다. 그러나 도무지 자신의 행동을 멈출 수가 없었다. 저도 모르는 새에 서둘러 탈의실에서 나와 밀짚모자를 머리에 쓰고서 건물 밖으로 나갔다. 하여튼 둔갑도 참 희한하게 한다. 애초에 둔갑이라는 표현 자체가 정확하지 않다. 오히려 의식만 인간에게 빼앗겼다고 하는 편이 더 알맞다.

아까부터 '가토리 씨'는 거침없이 학교 안을 돌아다니고 있다. 하지만 '가토리 씨'는 선생님은 아닌 듯하다. 그렇다고 보호자도 아닌 것 같다. 초등학생 아이가 있다기에는 너무 나이가 많다. 그런 생각을 하는데, 보아하니 이 초등학교에서는 지역 주민을 '서포터'로 초청해 수업을 돕게 하는 모양이라는 정보가 어느새 여사의 머리 한구석에 마련되어 있었다. 분명 '가토리 씨'의 지식이리라. 오늘은 3, 4교시에 1학년 두 학급의 풀장 합반수업을 보조하러 학교에 왔다는 정보도 추가되었다. 이로써 가노코의 어머니가 헤어질 때 "풀장 수업도 오늘로 끝이라고 얼마나 아쉬워하는지 몰라요. 그애는 풀장을 아주 좋아하거든요"라고 했던 것도 앞뒤가 맞는다.

그런데 '풀장'이 뭐지? 여사는 '풀장'이라는 말을 알지 못했다. 그 때문에 학교 건물을 벗어나 운동장 구석에 설치된 철책으로 다가가는 동안 고양이의 타고난 호기심이 적잖게 들끓었다. 그러나 그 시간은 매우 짧았다. 철책 끝에 있는 입구를 지나 짤막한 계단을 올라가자마자 눈앞에 펼쳐진, 거대한 사각 구덩이에 물이 남실대는 광경에 여사는 그야말로 졸도할 뻔했다.

구름 틈새로 쏟아지는 눈부신 햇빛이 수면에 반사되었다. 물결 그림자는 망연히 선 여사의 얼굴을 사정없이 비추었다.

여사는 바로 도망치려 했으나 몸이 따라주지 않았다. 도망치기는 고사하고, 멋대로 샌들을 벗고는 선생님과 역시 서포터인 듯한 여자와의 사전 회의에 적극적으로 끼었다. 뿐만 아니라 뒤이어 나타난 여든 명 가까운 아이들과 함께 준비 운동을 시작했다. 그리고 설상가상으로 아무런 주저 없이 풀장에 풍덩 뛰어들었다.

보통 키, 보통 체격, 검은 긴소매 상의에 짧은 바지를 입고 밀짚모자를 쓴 '가토리 씨'의 갑작스런 행동에, 여사는 주위의 시선도 아랑곳하지 않고 비명을 질렀다.

그러나 실제로 입에서 나온 것은 풀장 가장자리에 줄을 선 아이들을 지도하는 말뿐이었다.

"자, 그럼 1학년 1반과 2반 여러분, 우선 뒤돌아서 가장자리

에 앉아보세요. 그리고 한 발씩 물속에 넣는 거예요. 서두르지 말
고 천천히. 알았죠?"

아이들이 모두 물에 들어간 뒤, 여사에게는 지옥의 시련이 시
작되었다. 유일한 희망은 풀장의 물이 '가토리 씨'의 허리까지만
온다는 사실이었다. 그뒤로는 환성을 지르며 물을 튀겨대고, 갑
자기 여럿이서 뒤에서 덮쳐들고, 물속으로 잠수해서는 발을 확
잡아당기는 등, 진심으로 여사를 죽이려는 듯이 덤벼드는 아이
들의 위협으로부터 필사적으로 목숨을 지켜야 했다.

소형 확성기를 들고 풀장 가장자리에 선 여자 선생님이 "이제
물에 익숙해졌나요? 그럼 옆 사람과 둘씩 짝을 지으세요. 상대
를 찾으면 왼손과 왼손으로 악수하고 이렇게 손을 드세요"라고
했을 때야 비로소 여사의 싸움은 끝이 났다. 선생님의 지시에 아
이들이 겨우 진정하고 여사 역시 초주검이 된 채 한숨을 돌리는
데, 눈높이 아래에서 어떤 목소리가 들려왔다.

"그럼 난 아줌마랑 짝."

내려다보니 가노코가 서 있었다.

수영모를 쓰고 젖은 얼굴을 연거푸 닦아내는 가노코는 깜짝
놀랄 만큼 몸집이 작았다. 가노코는 목 아래까지 물에 잠긴 채
흔들리며 가냘픈 왼손을 내밀고 있었다.

언제나 올려다보던 상대를 이렇게 아무렇지도 않게 내려다보

려니 기분이 묘하다고 생각하며, 여사도 왼손을 내밀었다. 물론 여사의 의지가 아니다. 여사의 바람은 지금 당장 이곳에서 달아나, 안전한 콘크리트 뭍에 오르는 것뿐이었다.

"어머, 나랑? 고맙구나."

여사가 말하자 가노코는 생긋 웃고는, 주위 아이들과 마찬가지로 '가토리 씨'의 손을 잡고 선생님을 향해 손을 들었다.

모두 짝을 짓자 선생님은 확성기로 이야기했다.

"이번엔 물을 무서워하지 말고 눈을 뜨는 연습을 할 거예요. 알겠죠? 절대로 짝꿍 손을 놓으면 안 돼요. 그럼 왼손은 짝꿍 손을 잡고 남은 오른손으로……"

선생님은 잠시 뜸을 들이더니 큰 소리로 외쳤다.

"짝꿍한테 물을 막 끼얹으세요!"

맙소사! 속으로 소리쳤을 때는 이미 늦었다.

옆에서, 뒤에서, 그리고 무엇보다도 앞에서 일제히 물벼락이 날아들었다. 여사가 완전히 공황 상태에 빠져서 이럭저럭 버티는 동안에도, 가노코는 오른팔을 헬리콥터 날개처럼 붕붕 돌리며 가차 없이 물을 끼얹었다. 평소에는 시종 천진난만한 웃음을 흩뿌리던 주인의 얼굴이 이렇게 악마처럼 보인 적은 처음이었다. 십 초만 더 늦었으면 여사는 정말로 실신했을 것이다. 그러나 아슬아슬한 순간에 선생님이 종료를 알리는 호루라기를 불고

확성기로 말했다.

"잘했어요. 그럼 이제 다른 사람과 짝을 지으세요."

선생님의 새로운 지시에 가노코가 "안녕" 하고 손을 놓았을 때, "잠깐!" 하고 여사는 멀어지려는 조그만 손을 반사적으로 붙잡았다.

"부탁이 있어."

가노코는 무슨 일인가 놀라 돌아보았다.

"있잖니, 겐자부로 씨의 사료가 좀 딱딱한 모양이야. 왜, 겐자부로 씨는 요새 치아 상태가 좋지 않아서 잘 씹질 못하거든. 하지만 부드러운 걸로 바꾸는 건 맛이 없어서 싫대. 캔 사료 같은 건 절대 안 된대. 옛날부터 먹는 그 사료가 좋다는구나. 그러니까 혹시 맛이 같은 것 중에 좀더 부드러운 게 있으면 그걸로 바꿔줄 수 없을까? 부탁이야, 아빠 엄마한테 이야기해주렴."

여사는 단숨에 말했다. 어안이 벙벙한 표정으로 여사의 뜬금없는 말을 듣던 가노코는 "어, 네" 하고 기세에 눌린 양 고개를 끄덕였다.

"고맙다."

여사는 가노코의 손을 놓았다. 가노코의 수영모가 멀어지고 난 뒤에야 비로소 여사는 방금 자기 의지로 말했음을 깨달았다. 여세를 몰아 풀장 탈출을 시도했지만, 역시 몸은 꿈쩍도 하지 않왔다.

그리고 언제 끝날지 알 수 없는 시련의 시간을 견뎌낸 끝에 여사는 이럭저럭 실성하는 일 없이 수업 종료를 맞이했다. 정리 운동이 끝난 다음 아이들은 샤워기가 물을 뿌리는 아치형 파이프 터널로 향했고, 여사는 물은 이제 꼴도 보기도 싫다며 풀장에 등을 돌리고 출구로 나아갔다. 신발장 앞에서 샌들을 신다가 맨 앞줄에서 샤워를 하는 가노코를 발견했다. 아이는 조금 전과는 달리 꽤나 기운이 없는, 오히려 창백하다 싶은 얼굴로 샤워기를 올려다보고 있었다. 무슨 일이 있었나 싶어 조금 마음에 걸렸지만 그 이상 마음을 쓸 여력이 없었으므로, 여사는 건물로 돌아가 탈의실에서 옷을 갈아입고 도망치다시피 학교를 벗어났다.

대체 이게 무슨 봉변인가. 여사는 내내 그렇게 중얼거리며 자전거 페달을 밟았다.

남편에게 '쌍꼬리 고양이'라는 말을 들은 순간 꼬리가 둘로 갈라져, 이렇게 인간으로 둔갑하는 신세가 되었다. 와산본이 이 이야기를 들으면 점잔 빼는 얼굴로 '인간의 모습으로 마음대로 행동할 수 있다니 얼마나 즐겁겠어요?' 라고 할 듯싶다. 그러나 현실의 인간세계는 터무니없이 무섭다. 영락없이 괴담의 세계다. 미켈란젤로 같으면 방금 풀장에서 있었던 일을 얼추 듣기만 해도 비명을 지르며 달아날 게 틀림없다.

그에 비해 고양이 세계는 얼마나 평화스러운지 모른다. 물론이 동네에 오기 전에도 이따금 불쾌한 일을 겪었고, 이 동네에도 공터 문제가 있다. 그래도 고양이의 삶만한 게 없다.

그렇다면 어떻게 원래 세계로 돌아갈 것인가? 슬슬 현실과 직면할 필요에 쫓기던 여사는 문득 앞쪽 도로변 담장을 따라 걷는 작은 네발 동물을 발견했다.

누렁 고양이가 비틀거리는 발걸음으로 몇 발짝 앞 지면을 응시하며 걷고 있었다. 이쪽의 존재를 알아차리는 눈치는 전혀 없다. 그리고 궁둥이에는 두 개의 꼬리가 브이 자를 그리며 살랑거리고 있었다.

멀리서 누렁 고양이 목에 걸린 산호색 목걸이를 발견하고, 또이 길이 바로 처음 '가토리 씨'와 마주친 곳임을 알아차렸을 때, 여사는 이제부터 벌어질 일을 예감했다.

아마 앞을 걷는 고양이와 눈이 마주치면 이 몸은 원 상태로 돌아가고 요괴 고양이는 평범한 유한有閑 고양이로 돌아갈 것이다. 그것을 깨달은 순간, 여사는 페달을 밟는 발에 힘을 주었다.

고양이는 아직 여사의 존재를 알아차리지 못했다. '가토리 씨'의 입이 멋대로 비명을 질러 누렁 고양이에게 들키기 전에 여사는 옆길로 꺾어 들어섰다. 시야에서 고양이가 사라지는 것도 아랑곳하지 않고 여사는 오로지 페달만 밟았다. 이 몸으로 할 일이 아직 더 있었다.

모퉁이를 몇 번 돌아 여사는 자전거를 세웠다. 가쁜 숨을 몰아쉬며 돌아보고는 고양이가 보이지 않는 것을 확인했다.

여사는 좌우를 둘러보고 자신의 위치를 확인했다. 이런 길 한복판에 당당히 멈춰 서본 경험이 없어 어쩐지 진정되지 않았지만, 갈 방향을 정하자 다시 페달을 밟기 시작했다.

좁은 길을 나아가 오른쪽으로 시야가 트인 곳에서 여사는 자전거를 세웠다.

공터였다.

9월에 접어든 지 아직 일주일도 지나지 않았다. 원래는 여전히 강렬한 태양의 힘을 받아, 공터에 울창한 수풀이 숨 막힐 듯 짙은 향기를 발하고 있어야 했다. 고양이들이 사랑해 마지않는 아침 집회 장소로서 그 존재감을 자랑하고 있어야 했다.

그러나 여사의 눈앞에 녹음은 흔적도 보이지 않았다.

그저 검은 비닐시트가 지면을 뒤덮고 있을 뿐이다.

여사가 이 공터를 알게 된 지 일 년, 그동안 이따금 부동산 중개업자가 나타나곤 했다. 오는 사람은 늘 달랐지만 하나같이 패기가 없는 젊은 남자들이었다. 옆면이 여기저기 찌그러진 경차를 타고 와 공터 입구에 '현장 설명회 개최중'이라는 깃발을 세우고, 하루 온종일 파이프 의자에 앉아 오지도 않을 손님을 기다렸다. 가끔은 몇 명이 찾아와 땀을 뻘뻘 흘리며 풀을 베었다. 고양이들은 담장 위에 앉아 양복에 낫이라는 기묘한 조합의 사람들을 바라보며 "어차피 금세 자랄 텐데" 하고 비웃었다.

지난주 월요일 아침 일찍, 처음 보는 대형 왜건 두 대가 공터에 와서 섰다. 차에서 내린 작업복 차림의 남자 몇 명이 트렁크를 열더니 검고 굵은 통 모양의 물건을 끌어냈다.

"저게 뭐래요?"

미켈란젤로가 태평하게 중얼거려도 아무도 대꾸하지 않았다. 인간이 또 묘한 짓을 시작했다며, 어느 고양이나 별 관심 없이 그 모습을 바라보기만 했다.

남자들은 드럼통 두 개를 세로로 이어붙인 것 같은 통을 풀 위에 늘어놓더니, 그중 하나를 공터 가장자리로 운반했다. 공터 모서리에 도달하자 한 남자가 쭈그리고 앉았고, 또 한 남자가 담장을 따라 옆으로 쓰러뜨린 통을 굴리기 시작했다.

이 단계에 이르러서도 고양이들은 여전히 그들의 목적을 이해하지 못했다. 여사도 폐타이어 위에 멍하니 앉아 차에서 속속 부려지는 커다란 통을 바라보기만 했다. 그러나 말도 않고 통을 굴리는 남자들 뒤로 시커먼 비닐시트가 펼쳐지는 것을 보았을 때, 고양이들은 그들의 방문 목적을 똑똑히 깨닫지 않을 수 없었다.

인간들이 공터를 온통 검게 물들이기까지는 한 시간도 채 걸리지 않았다. 그동안 고양이들은 흡사 거인이 페인트칠을 하는 양 공터가 검은 비닐시트로 뒤덮이는 모습을 속수무책으로 멍하니 내려다보는 수밖에 없었다. 남자들은 비닐시트가 바람에 들춰지지 않게 겹치는 부분을 클립으로 꼼꼼히 땅에 고정시켰다. 풀숲의 탁 트인 느낌은 새 비닐시트에서 나는 화학적인 냄새에 밀려났다. 예민한 후각을 지닌 고양이들은 견디기 힘든, 멋대가리 없고 천박한 냄새였다.

이렇게 해서 고양이들은 슬프리만큼 허망하게 집회 장소를 잃었다. 일주일 전에 벌어진 그 사건을 돌이켜 생각하며 여사는 자전거에서 내렸다. 머리 위로 내리쬐는 햇볕을 받으며 언짢은 표정으로, 이미 흙먼지가 내려앉은 비닐시트 위로 나아갔다.

여사는 몸을 굽히고 시트를 고정시킨 클립을 뺐다. 손이 지저분해지는 것도 아랑곳 않고 시트 가장자리를 들어올리자, 아직 시들지는 않았으나 생기를 잃어 죽기 일보직전인 풀이 나타났다.

여사는 몸을 일으키고 시트를 잡은 채 앞으로 성큼성큼 나아갔다. 시트가 모래와 흙에 스치며 끌리는 소리가 뒤에서 따라왔다. 담장 앞까지 와서 돌아보니, 걸어온 거리 절반만큼의 시트가 젖혀지고 허약해진 지면이 얼굴을 내밀고 있었다.

여사는 차례차례 클립을 빼고 시트를 벗겼다. 구슬땀이 뚝뚝 떨어져 자외선 차단제를 듬뿍 바른 얼굴이 흉한 몰골이 되어서도 시트를 잡고 공터를 이 끝에서 저 끝까지 몇 번씩 왕복했다. 대체 얼마나 지났을까. 녹초가 된 여사가 시든 풀 위에 엉덩방아를 찧었을 때는 이미 공터의 80퍼센트가 지면을 드러냈고, 검은 비닐시트는 해변에 밀려온 해초처럼 비틀려 구석으로 밀려나 있었다.

여사는 자전거로 돌아가 짐에서 타월을 꺼내 땀을 닦았다. 밀짚모자를 부채처럼 파닥파닥 부치면서, 학교에서 돌아오다 도로변에서 누렁 고양이를 보았을 때부터 뭐든 자기 뜻대로 움직일 수 있었음을 비로소 깨달았다.

문득 조금 전의 기회를 놓쳤으니 평생 '가토리 씨'로 살아야 할지도 모른다는 생각이 들었다. 그러나 이것저것 생각하기 전에 아직 해야 할 일이 있었다. 여사는 쉬지도 않고 곧바로 다시 자전거에 올라탔다.

버스가 다니는 역 앞 큰길을 좀 가다보면 몇몇 상점이 늘어선 구역이 나온다. 여사는 평소 같으면 얼굴도 내밀지 않았을 거리로 나아가 인도에 면한 가게 앞에 자전거를 세웠다.

지금까지 인간사회를 관찰한 경험을 통해 물건을 산다는 개념은 알고 있었다. 물건을 사면 돈을 낸다. 돈은 지갑에 들었다.

풀장에서보다 더 심하게 긴장하며 여사는 자전거에서 내렸다. 물론 지금까지 물건을 사본 경험은 없다. 그러나 그보다 자신의 의지로 이렇게 적극적으로 인간과 얽히는 것은 오늘, 아니 평생 처음이라는 사실이 좋든 싫든 뺨 근육을 긴장시켰다.

각오가 쉽게 서지 않아 가게 앞에서 우물쭈물하는데, 주인이 위세 좋게 안에서 나왔다.

"어서 오십시오, 사모님! 오늘은 뭘 드릴까요?"

그것만으로도 여사는 현기증이 날 만큼 압박을 느꼈다. 그래도 정신을 똑바로 차리고 진열장 앞으로 다가갔다. 진열된 상품들 중 원하는 것을 필사적으로 찾았다.

"이, 이, 이거."

한계 직전까지 안구를 좌우로 움직여 간신히 물건을 찾아내고, 그것을 유리 너머로 가리키는 것만으로도 여사의 겨드랑이에서는 구슬땀이 맺혀 주르르 흘러내렸다. 목도 따끔거릴 정도로 바싹 말랐다.

"양은 어느 정도 드리면 될까요?"

"네?"

상대방이 질문을 하리라고는 예상도 하지 못했으므로 말문이

턱 막히고 말았다. 그래도 필사적으로 머리를 쥐어짜 머릿속에 그린 이미지대로 주먹을 들어 표시했다.

"네?"

이번에는 가게 주인이 당황한 표정으로 되물었다.

"그러니까, 이 정도!"

여사는 언성을 높이며 진열장 건너편에 있는 주인의 코끝에 주먹을 들이밀었다.

"아, 알겠습니다."

주인은 기세에 눌려 고개를 끄덕이고 허둥지둥 비닐봉지에 주문한 물건을 넣은 다음 값을 말했다.

여사는 가방에서 지갑을 꺼냈다. '가토리 씨'의 지갑은 아주 두툼했다. 그런데 지폐는 들어 있지 않았다. 지갑이 두툼한 것은 무수히 꽂힌 카드와 빵빵하게 부푼 동전 주머니 때문이었다.

여사는 동전 주머니를 들여다보았다. 색색의 얇은 동전들이 빼곡히 들어 있었다. 시험 삼아 하나 집어보았다. '10'이라고 쓰여 있었다. 하나 더 집어보았다. 이번에는 '1'이다. 십진법을 아는 여사는, 인간은 물건을 살 때마다 이것들을 조합시켜 돈을 내는구나 하고 순식간에 그 체계를 이해했으나, 지금은 도무지 냉정하게 계산할 상태가 아니었다.

지갑을 연 채 꿈쩍도 하지 않는 여사의 시야 끄트머리에서, 주인이 계산대를 손톱으로 톡톡 치며 넌지시 재촉하는 것이 보였다. 어떻게 하면 좋을지 알 수 없어 여사는 자기도 모르게 빈 왼손을 꽉 쥐었다. 손바닥이 땀으로 흥건했다. 말랑말랑한 살이 없는데 인간도 손에서 땀이 나나. 머리 한구석으로 멍하니 그런 생각이 떠올랐다.

이걸로 끝이구나 싶었다.

단념하고 그냥 물러나려고 지갑을 접었을 때, 여사는 한순간 '고양이'로 돌아갔다.

고양이가 극도로 긴장했을 때 긴장을 풀기 위해 가장 많이 하는 몸짓이 있다.

여사는 무의식중에 그 행동을 했다.

눈앞의 주인도, 금전등록기 옆에 놓인 물건도, 값을 치르는 문제도 모두 잊어버리고, 턱이 빠지지 않을까 싶을 정도로 크게 쩌억 하품을 한 것이다. 그것도 한 번으로는 모자라 연속으로 세 번을.

겨우 입을 다물고 시선을 앞으로 되돌리자, 주인이 입을 딱 벌리고 있었다.

"실례."

여사는 인사를 하고 주인 앞에 지갑을 기울였다. 진열장의 스테인리스판에 크고 작은 동전이 요란한 소리를 내며 와르르 쏟아졌다.

"자, 잠깐만요, 사모님."

여사는 허둥대는 주인은 아랑곳하지 않고 물건이 든 비닐봉지를 집었다.

그러고는 주인이 붙들든 말든 가게를 나선 후 얼른 자전거에 올라타 페달을 밟았다.

집 앞까지 한 번도 쉬지 않고 내처 자전거를 달렸다.

자전거에서 내려서도 얼마 동안은 심장이 쿵쿵 방망이질했다. 여사는 바구니에서 비닐봉지를 꺼내고, 가노코가 늘 하던 방법을 흉내내 창살 너머로 손을 넣어 쉽게 대문을 열었다. 현관 옆을 지나쳐 몸을 낮추고 마당을 가로질렀다. 툇마루에서 유리 너머로 안을 살펴보니, 다행히 다실에는 아무도 없었다. 마당 구석으로 시선을 돌리자 쇠사슬이 땅에 곡선을 그리며 개집으로 이어져 있었다. 살금살금 개집으로 다가가 살며시 들여다보았다. 남편은 어둠 속에서 깊이 잠들어 있었다.

여사는 손에 든 비닐봉지에서 종이에 싼 주먹만한 덩어리를 꺼냈다.

되도록 소리를 내지 않고 종이를 펴자 또다른 비닐봉지가 나타났다. 여사는 봉지를 찢어 빈 밥그릇 위로 가져갔다. 툭, 하는 축축한 소리와 함께 다진 붉은 고기 덩어리가 밥그릇 한가운데에 떨어졌다.

여사는 고기를 손가락으로 잘 펴주고 일어섰다.

"후우, 이제 됐다."

그렇게 중얼거린 순간, 강렬한 졸음이 덮쳐왔다.

'가토리 씨'의 모습인 채로 여기서 잠이 들면 곤란하다는 것은 알고 있었다. 그러나 찾아온 것이 사람의 것이 아니라 결코 이길 수 없는 '고양이의 졸음'이라는 것도 알고 있었다.

여사는 비틀거리는 발걸음으로 실외기로 다가갔다. 고양이의 눈에는 엄연한 길로 보이던 실외기와 담장의 사이의 빈 공간이 '가토리 씨'의 눈에는 간신히 지날 수 있는 틈새로 줄어들어 보였다.

여사는 담장을 마주 보고 실외기 위에 '가토리 씨'의 궁둥이를 얹었다.

잠의 세계에 이미 한 발짝 들여놓은 듯한 기분으로 여사는 등 뒤의 벽에 머리를 기댔다. 밀짚모자 챙이 벽을 스치며 바스락 소리를 냈다.

"야오."

묘한 목소리가 머리 위에서 들려왔다.

애써 눈을 들자, 눈앞의 담장 위에서 산호색 목걸이를 한 누렁 고양이가 이쪽을 물끄러미 내려다보고 있었다.

정면으로 시선이 마주친 순간, 여사는 콩 잠이 들었다.

몸 밑에서 갑자기 실외기가 작동하는 바람에 여사는 잠에서 깼다.

팔다리를 있는 힘껏 길게 뻗은 자세로 잔 탓에 줄무늬 진 가느다란 팔이 밖으로 약간 삐져나가 있었다. 등을 뒤로 젖히고 크게 기지개를 켰다. 길게 하품도 했다. 멍한 머리에 산소를 보내며 천천히 의식을 되찾던 중 갑자기 '가토리 씨'의 얼굴이 떠올라, 여사는 벌떡 몸을 일으켰다.

반사적으로 실외기 밑을 내려다보았다. 팬 커버 앞에, 여사가 애착을 갖고 있는 가늘고 기다란 꼬리 하나가 겸허하게 늘어져 있었다.

처음에 안도가, 이어서 고요한 혼란이 찾아들었다. 여사는 우선 진정하기 위해 앞다리를 핥고 몇 번씩 세수를 했다. 말랑말랑한 발바닥이 수염을 눕히는 감각을 집요하게 확인했다.

온몸을 한바탕 핥은 뒤, 여사는 자세를 바로 했다. 자신이 지극히 평범한 누렁 고양이임을 확인하고 실외기에서 뛰어내렸다.

실외기 위에서 대체 얼마나 잤을까 생각하며 개집으로 다가

가보니, 겐자부로는 담장 밑 우묵땅에 누워 가볍게 코를 골고 있었다.

남편을 깨우기 전에 볼일을 보려고 여사는 다실 툇마루를 받치는 짧은 기둥으로 다가갔다. 그곳은 반드시 하루에 세 번은 볼일을 보는 곳인데, 코를 갖다 대보고는 당혹했다. 약 세 시간쯤 된 것 같은 자신의 냄새가 남아 있었다. 여사는 잠깐 볼일을 보고 마당 구석으로 갔다. 여사가 아침에 공터에서 돌아왔을 때 겐자부로가 엉덩이를 깔고 볼일을 보며 남긴 덩어리가 소나무 밑에 뒹굴고 있었다. 여사는 주의 깊게 그 냄새를 확인했다. 냄새로 보건대 대략 두 시간은 지난 듯했다. 이는 즉 '여사가 실외기 위에서 잔 시간은 대략 한 시간 반'임을 뜻했다.

결국은 전부 꿈이었나보다.

물론 고양이가 정말 인간으로 둔갑할 리 없으니 매우 지당한 결론이었다. 그러나 도무지 꿈 같지 않은, 생생하게 남아 있는 '가토리 씨'의 느낌은 무엇인가. 후텁지근했던 한나절에 대한 세세한 그 기억은 무엇인가.

여사는 만일을 위해 겐자부로의 밥그릇 냄새도 맡아보았다. 당연하다고 해야 할지, 날고기의 흔적은 남아 있지 않았다.

뭐라 형언할 수 없는 허탈감에 휩싸여 여사는 하늘을 우러러보았다. 매미의 태평한 울음소리가 오늘따라 신경에 거슬렸다.

비록 꿈이었을지언정 무사히 고양이로 돌아와 다행이었지만, 짜증이 섞인 석연치 않은 감정이 강하게 남았다.

"안녕하세요, 마들렌 여사."

그때 하늘을 올려다보던 여사의 시선 끝 지붕 차양에서 고양이 한 마리가 고개를 빼꼼 내밀었다.

"어머, 미켈란젤로. 오랜만이에요."

"오랜만이에요. 잘 지냈어요?"

"네, 그래요. 당신이 여기까지 오다니 웬일이에요?"

"바깥 분께 불편을 끼쳐드리면 안 되잖아요. 어머, 바깥 분은 주무시나요?"

"네, 요새는 고양이보다 더 많이 자네요. 건강이 별로 좋지 않거든요. 속이 더부룩한 느낌이 가시질 않나봐요."

"그래요…… 걱정이네요."

"그보다 무슨 일이에요? 무슨 볼일 있어요?"

"맞다, 마들렌 여사, 오늘 공터에 가봤어요?"

"네, 갔었어요. 아무도 안 왔던데요."

그래요? 미켈란젤로는 지붕에서 의미심장하게 대꾸했다.

"왜요?"

"그렇군요."

"뭐가 말이에요?"

"반응을 보니 모르는 모양이네요."

여사의 의아한 시선에는 대답하지 않고 미켈란젤로는 얼굴을 감추었다. 조금 떨어진 곳에서 다시 얼굴을 내미나 싶더니, 대문 옆 담장에 폴짝 뛰어내렸다.

"공터가 해방됐어요, 마들렌 여사."

"네?"

"나도 오늘 오랜만에 공터에 갔거든요. 아마 여사랑 엇갈린 모양이에요."

"아무것도 달라지지 않았죠?"

"네, 여느 때처럼 시커멓더군요. 하지만 기왕 멀리까지 왔는데 그냥 가기도 서운해서 와산본의 집까지 갔거든요. 집회가 없어지는 바람에 외출을 안 하게 된 탓인지, 글쎄, 와산본이 약간 몸이 불었더군요. 면전에서 그런 말을 하지는 않았지만."

미켈란젤로는 담장을 타고 여사의 바로 앞까지 와서 앉았다.

"와산본네서 아마 한 시간가량 잡담을 했나봐요. 그러고는 그 집에서 나와 왔던 길을 돌아왔거든요. 공터 앞을 지나는데 글쎄……"

"글쎄?"

막연한 기대가 가슴속에서 술렁거리는 것을 억누르고 여사는 애써 침착하게 물었다.

"그다음은 여사가 직접 눈으로 확인해보지 그래요?"

미켈란젤로는 기쁨에 찬 목소리로 대답했다.

"공터는 해방됐어요, 마들렌 여사. 난 다른 멤버들한테도 이 사실을 알려야 해서요."

그런 말을 남기고 미켈란젤로는 담장 너머로 사라져버렸다.

여사가 저도 모르게 뒤를 좇아 달려가려 했을 때, 옆쪽에서 잘그랑잘그랑 쇠사슬 소리가 났다. 멈춰 서서 돌아보니 낮잠을 다 잔 겐자부로가 우묵땅에서 일어나려는 참이었다.

"음? 무슨 일이오?"

"그게, 뭐랄까…… 저, 이런저런 일이 있어서요. 아아, 지금은 말을 잘 못 하겠네요. 좀더 기다려주겠어요?"

"꽤 기뻐하는 목소리로군."

"그래요. 하지만 정말 기쁜지 아닌지는 이제 봐야 알아요."

여사는 들뜬 목소리로 대꾸했다.

"실은 나도 기쁜 일이 있었어."

겐자부로는 물그릇으로 다가가며 중얼거렸다.

"꿈에 나왔지 뭐요."

"네?"

"낮잠 자기 전에 당신이 이제까지 먹은 것 중 가장 맛있었던 게 뭐냐고 물었잖소? 그때 대답했던 게 꿈에 나온 거요. 그래,

이 한복판에 수북이 쌓여 있었지."

겐자부로는 빨간 밥그릇에 코를 가져가더니 "아아, 역시 꿈이었나" 하고 한숨을 쉬며 중얼거렸다.

"당신이 마련해준 게 틀림없다 싶었거든. 고맙다고 하고 싶었는데 애석하게도 꿈속에서 당신은 집에 없었지 뭐요."

"그거…… 맛있었어요?"

"그래, 아주 맛있었다오. 이루 말로 다 할 수 없을 만큼."

겐자부로는 여사가 오랜만에 듣는 진심으로 만족스러운 목소리로 말하고, 밥그릇 옆 대접의 물을 할짝할짝 핥았다.

"고맙소."

"무슨 소리예요? 꿈이잖아요."

"역시…… 그런가. 하지만, 꿈이라는 생각이 들지 않을 만큼 고소한 맛이 아직 입 안에 남아 있거든."

흡족한 표정으로 밥그릇에서 맛난 음식을 발견했을 때의 상황을 이야기하는 겐자부로에게 여사는 "미안해요, 나 잠깐 나갔다 올게요" 하고는 조급하게 돌아서서 걷기 시작했다.

"그래, 붙들어서 미안했소. 조심해서 다녀오구려."

겐자부로의 말에도 돌아보지 않고 여사는 서둘러 마당을 가로질렀다.

지난 일 년간, 여사는 자신에게 처음으로 '집'이라는 것을 가르쳐준 남편에게 어떻게든 감사의 마음을 전하고 싶었다. 그러나 쥐나 거미를 잡아와도 남편은 좋아하지 않는다. 그곳에는 엄연한 종의 경계가 존재했다. 그런 이유로 여사는 '가토리 씨'와 함께 과감하게 정육점으로 갔다.

여사가 꿈속에서 본 풍경이 과연 남편이 꾼 꿈과 바로 연결되는지는 알 수 없었다. 그러나 꿈 이야기를 하며 흡족한 얼굴로 꼬리를 흔드는 남편의 모습에서, 여사는 이상하게도 자신의 소원이 조금은 이루어졌다는 고요한 확신을 얻었다. 여사는 흡사 마당에서 달아나듯 몸을 낮추고 재빨리 대문 밑을 지났다. 가슴이 후끈 달아올라, 일 분이라도 더 남편 곁에 있다가는 어쩐지 울어버릴 것 같았다.

여사는 집에서 나와 얼마 간 곳에 있는 가정집의 차고에 세워진, 갓 세차한 BMW에 뛰어올라 담장으로 올라섰다.

무엇이 자기를 기다리고 있을지 알 것 같았지만, 자기 눈으로 직접 확인하기까지는 생각하지 않기로 했다.

여사는 목구멍 속으로 들릴 듯 말 듯 노래를 흥얼거리며, 자연히 빨라지는 발걸음으로 공터로 향했다.

3장. 가노코와 스즈

툇마루에서 수박씨를 퉤퉤 뱉는 가노코의 미간에는 아까부터 깊은 주름이 잡혀 있었다.

가노코 옆에서는 아버지가 책상다리를 하고 앉아 신문지 위에 발톱을 깎고 있다. 가노코와는 달리 아버지의 발톱은 깎으면 또각또각 큰 소리가 난다. 방금 신문의 사진 위로 날아간 것은 가노코와 같은 발톱이라는 생각이 들지 않을 만큼 두껍고 길다.

발톱을 다 깎은 아버지는 신문지 위에 모인 것을 툇마루 밖에 버리고 "그냥 먹을까" 하며 접시 위의 수박 한 쪽을 집었다.

"그래서, 뭘 할지 정했어?"

호쾌하게 수박을 와삭 베어무는 아버지의 물음에 가노코는 여전히 미간에 주름이 잡힌 채 "아니, 아직" 하고 고개를 흔들었다.

"개학식이 언제지?"

"나흘 뒤."

"자유연구 말고 아직 안 한 건?"

"국어랑 산수랑 글짓기."

"거의 다잖아."

아버지의 지적에 가노코는 "어쩌다 이렇게 됐는지 몰라" 하고 어깨를 축 늘어뜨린 다음 마지막 남은 수박을 집었다.

"그럼 이거 먹고 바로 산수 숙제 하는 거다?"

"응."

수박을 다 먹은 뒤, 아버지는 목장갑을 끼고 마당으로 나갔고 가노코는 쟁반을 부엌의 어머니에게 갖다준 다음 찻상을 들고 돌아왔다. 다실 가운데 찻상을 놓고 산수 문제집을 폈다. 그리고 선풍기를 켜놓고 길쭉하게 생긴 『매일매일 산수 연습』을 풀기 시작했지만, '삼 일째'와 '사 일째' 네 페이지를 풀고는 눈 깜짝할 새에 싫증이 났다.

가노코는 마당에서 잡초를 뽑는 아버지를 곁눈으로 확인하며 문제집 마지막 페이지에 손가락을 끼우고 살며시 들쳐보았다.

"어?"

마지막 페이지인 '삼십 일째'와 뒤표지 사이에 있어야 할 것이 보이지 않자, 가노코는 놀라 소리쳤다. 그러나 바로 이유를 알아차렸다. 가노코의 반칙을 예상한 어머니가 이미 오래전에 '해답'을 뜯어낸 것이다. 가노코는 끙 하고 신음하며 바닥에 벌렁 드러누웠다.

잠시 후, 가노코는 두 손을 귀 옆에 짚고 다리에 힘을 주어 엉덩이를 들어올렸다.

위아래가 바뀐 시야의 한가운데에 어느새 툇마루로 다가온 마들렌이 보였다. 한 발을 들고 능숙하게 균형을 잡으며 가랑이를 열심히 핥는 마들렌과 시선이 마주쳤을 때, 가노코는 별안간 걱정거리였던 여름방학 자유연구 과제를 무엇으로 할지 생각났다.

"아빠!"

가노코는 자세를 유지한 채 툇마루로 나아갔다.

뽑은 잡초 뿌리에 묻은 흙을 털던 아버지가 얼굴을 들고 "끝났어?" 하고 웃었다.

"그러고 있으면 머리에 피가 몰린다."

걱정하는 아버지에게 "괜찮아"라고 기운차게 대답한 뒤, 가노코는 방금 떠오른 자유연구 아이디어를 이야기했다.

"그거 좋은걸. 아빠도 어떤 결과가 나올지 궁금한데."

"좋은 생각이지?"

"하지만 혼자선 좀 힘들지도 모르겠구나. 고양이는 변덕쟁이

니까. 여차하면 발도 빠르고. 그보다…… 이제 그만하지 그러
니? 얼굴이 새빨갛구나."

"응, 이제 더는 못하겠어."

가노코는 방바닥에 등부터 쿵 떨어졌다. 그 소리에 마들렌이
놀라 엉거주춤 일어서자, 자세를 바로잡은 가노코는 "아오오"
하며 얼마 전에 하나 빠진 윗니를 드러내고 쫓아갔다.

당연히 마들렌은 툇마루에서 뛰어내려 달아났다.

가노코는 재빨리 툇마루 아래 있던 샌들을 신고 몸을 낮춘 자
세로 "으아아오" 하고 괴성을 지르며 마들렌을 쫓아갔다. 정말
로 달아나야 할지, 아니면 장난인지 판단이 서지 않는 듯 몇 번
성가신 표정으로 돌아보던 마들렌은, 결국 가노코에게 쫓겨나듯
종종걸음으로 대문 밑을 지나 퇴장했다.

"당장 시작하는 거니?"

"응, 아빠, 디카 빌려줘."

"텔레비전 방 선반 위에 있어"라는 대답에 가노코는 "마들렌
좀 봐줘!"라고 외치고 서둘러 집 안으로 돌아가 좋아하는 작은
주황색 가방에 카메라와 메모장, 볼펜을 챙겨넣고 어깨에 둘러
멨다.

쿵쿵 뛰면 안 돼요, 주의를 주는 어머니에게 가노코는 "자유
연구 하러 나갔다 올게!" 하고는 현관 밖으로 뛰쳐나갔다.

"마들렌은?"

"저기. 아, 방금 오른쪽으로 돌았다."

발끝으로 땅을 톡톡 차는 가노코에게, 대문 밖에 선 아버지가 허둥대며 방향을 가리켰다.

"차 조심하고."

가노코는 네에, 하고 대답하고 벌써부터 탐정 같은 표정으로 마들렌을 좇아 뛰어갔다.

개학식 전날 밤, 가노코는 침대에 누워서도 좀처럼 잠을 이루지 못했다.

이튿날 아침에도 일곱시 반 정각에 "오늘부터 학교 가야지. 어서 일어나렴" 하고 어머니가 강제로 타월 홑이불을 벗겼을 때부터 내내 안절부절못했다.

교문을 지나 출입구에서 신발을 갈아신는 동안에도 웬일인지 마음이 간질간질했다. 1학년 2반 교실 문이 가까워오자 심장이 콩닥콩닥 뛰기 시작했다. 이렇게 이상한 긴장이 앞으로도 계속된다면 가노코는 개학식 날이 싫어질 것만 같았다.

문 가운데의 유리창으로 들여다보니 반 아이들이 보였다. 한

달 만의 재회가 유난히 쑥스럽게 느껴져 문 앞에서 우물쭈물하는데, '콩' 하고 머리 위에 뭐가 떨어졌다.

놀라 돌아보니, 마쓰모토 고타가 커다란 상자를 양팔로 안고서 가노코를 내려다보고 있었다.

"뭐 하는 거야?"

"얼른 들어가라고. 네가 거기 서 있으면 교실에 못 들어가잖냐."

눈초리를 치뜬 가노코에게 마쓰모토 고타는 어떻게 보아도 정당한 요구를 했다.

"그게 뭐야?"

가노코는 머리 위의 상자를 올려다보더니 손가락으로 가리켰다.

"이거? 내 자유연구."

마쓰모토 고타는 새까맣게 탄 얼굴에 갑자기 히죽거리는 웃음을 띠더니, 들고 있던 상자를 가노코의 얼굴 앞으로 내렸다. 파란 것이 시야를 가로막아 가노코는 무심코 얼굴을 뒤로 뺐다. 그러나 눈앞에 들이민 것이 무엇인지 이해하자마자 "와, 굉장하다!" 하고, 머리를 상자로 얻어맞은 것도 까맣게 잊고 탄성을 질렀다.

"네가 만든 거야?"

"거럼."

마쓰모토 고타는 가노코의 반응에 흡족한 웃음을 짓고는 상자를 내밀며 독촉했다.

"손을 쓸 수 없으니까 문 좀 열어줘."

가노코가 연 문으로 마쓰모토 고타는 "여, 오랜만이다" 하며 교실로 들어갔다. 그러고는 곧바로 칠판 앞을 가로질러 가더니 창가 선반 위에 들고 있던 상자를 내려놓았다.

가노코는 당장 상자 앞에 들러붙어 눈을 휘둥그렇게 뜨고 안을 들여다보았다. 상자 앞면을 파란색 셀로판지로 막아 수조를 본뜬 내부에 어패류 그림을 실로 묶어 달아놓은, 소위 '수족관'이었다. 비록 초등학생의 전형적인 여름방학 숙제일지라도 처음 보는 1학년에게 그 효과는 절대적이다. 눈 깜짝할 새에 마쓰모토 고타 주위로 아이들이 모여들었다. 상자 위에 늘어선 이쑤시개를 꺾어 만든 손잡이를 잡아당기면, 수조 안의 참치, 문어, 불가사리 등이 낚싯줄에 끌려 오르락내리락했다. 그 장면에 아이들은 흥분했다. 가노코도 교실에 들어오기 전에 쑥스러워했던 것을 잊고, 1학기가 바로 전 수업시간이고 여름방학이 쉬는 시간이었던 것인 양 좌우를 둘러싼 반 아이들과 감상을 주고받았다. 가노코는 상자 옆에 튀어나와 있는 나무젓가락 같은 것을 당겨보았다. 그러자 배경 앞에 무대장치처럼 배치된 산호와 바위 사이로, 똬리를 튼 커다란 뱀 같은 것이 가로질렀다.

"방금 그게 뭐야?"

"곰치. 바다의 깡패지."

마쓰모토 고타는 으쓱해서 대답했지만, 사실 그에게는 같은 초등학교에 다니는 형이 둘 있었다. 두 형도 여름방학 자유연구 과제를, 공작 작품도 가능하다는 규정을 이용해 한 번씩 '수족관'으로 제출한 적이 있었다. 이번 작품에는 두 선배의 풍부한 경험이, 예컨대 마지막까지 몸 전체가 보이지 않는 바위 뒤의 곰치, 형광 스티커로 꾸민 불가사리, 장난감 고무 뱀을 짧게 잘라 니스를 바른 먹붕장어 같은 요소들에 아낌없이 반영되었다. 그 중에서도 압권은 상자 뒷면에 붙은 테이프를 떼어 낚싯줄을 풀면, 수조의 배경이 쓰러지고 거대한 대왕 오징어가 한 면 가득 등장하는 것이리라. 그 정교함은 초등학교 1학년 학생의 작품이라기보다 이미 가내수공업 공예품에 가까웠다.

"넌 자유연구 뭐 했냐?"

한바탕 '수족관'을 자랑한 뒤, 마쓰모토 고타는 가노코에게 물었다.

가노코는 수족관의 완성도에 주눅이 들어 웅얼웅얼 대답했다.

"어, 지도를 만들었는데."

"지도? 뭔 지도?"

"산책 지도."

"뭐냐, 그게?"

의아한 시선으로 쳐다보는 마쓰모토 고타에게 가노코는 보조 가방에서 착착 접은 하얀 종이를 꺼냈다. 오늘은 자유연구 과제를 제출하고 개학식 뒤에 청소만 하면 끝이라 보조가방 하나만 들고 등교했다.

한쪽 무릎을 꿇고 있던 가노코는 일어나 가슴 앞에 종이를 펴 들었다. A4 용지를 여러 장 이어붙여 대략 가로세로 1미터가 되는 종이로, '수족관'을 들여다보던 아이들의 시선이 자연스레 쏠렸다.

처음에는 모두 의아하다는 표정으로 가느다란 회색 선으로 뒤덮인 가운데 빨강, 파랑이 군데군데 흩어진 종이를 응시했다. 그것의 의미를 파악하지 못해 얼마간 침묵이 이어지다가 한 명이 끄트머리를 가리키며 "아, 여기 학교다!"라고 한 순간, 불씨가 도화선을 타고 순식간에 번지듯 "여긴 우리집!" "우리집은 여기!" "아, 우리 아파트!" 하고 저마다 소리치기 시작했다.

그것은 동네 지도였다.

아버지가 컴퓨터로 확대해 프린트해준 매우 정밀한 사진 지도였다. 가노코의 집을 중심으로, 초등학교를 비롯해 반 아이들 집 중 다수가 지도에 들어 있었다. 그 때문에 아이들의 반응도

뜨거웠다.

"이 빨간 선은?"

지도에 바짝 붙어 열심히 들여다보는 아이들 머리 너머로 마쓰모토 고타가 손가락으로 가리켰다.

"마들렌의 산책 코스야."

"마들렌?"

"우리집에서 기르는 고양이야. 이거, 이 사진 속 고양이. 누렁 줄무늬야."

"그럼 이 선 중간의 별표는?"

"그건 마들렌의 화장실 지점. 그리고 애들이 마들렌 친구."

가노코는 굵은 빨간색 매직으로 그린 산책 코스 중간에 붙인 회색 줄무늬 고양이와 삼색 고양이 사진을 가리켰다. 가노코는 그 이름을 알 길이 없었지만, 아버지의 디지털카메라로 찍은 사진 속 고양이는 물론 와산본과 미켈란젤로다.

"이거 네가 전부 혼자 조사한 거냐?"

얼마 동안 압도된 표정으로 굵은 빨간 선이 종횡무진 누비는 지도를 바라보던 마쓰모토 고타가 드디어 입을 열었다.

"응. 하지만 사흘밖에 조사 못 했으니까 사실은 더 많은 데를 다니는지도 몰라."

"대단하다, 너."

마쓰모토 고타가 다시금 감탄 어린 목소리로 말했을 때,

"얘, 이 선, 도로가 아닌 데를 통과하는데."

어느새 옆에 와 서 있던 고하루가 종이 위의 선을 손가락으로 짚으며 말했다.

"아, 고하루, 오랜만이야."

"오랜만이야, 가노코. 잘 있었니?"

"응, 잘 지냈어. 음, 이 선은 말이지, 담장을 타고 갔다는 뜻이야."

"아, 그래서 여기 이 부분이 삐뚤삐뚤하구나."

"응, 거기는 지날 때 좀 무섭더라. 집마다 담장 높이가 다 다르니까 높았다 낮았다 하지 뭐야. 올라갈 때는 괜찮지만 내려갈 때는 무서웠어."

"무서워? 고양이가 무서워하는 거야?"

"아니, 내가."

"어? 가노코, 담 위에 올라갔어?"

"응. 마들렌이 그곳으로 걷는 걸 어떡해. 따라가지 않음 안 되잖아?"

무슨 그런 당연한 소리를 하느냐는 듯 가노코는 어엿한 연구자의 표정으로 고하루를 쳐다보았다.

이 필드워크에 임하며 가노코는 더없이 진지한 자세로 마들

렌의 생태에 다가서기로 했다. 즉, 고양이에게 남의 땅이라는 개념이 없다면 가노코도 똑같이 생각한다. 마들렌이 남의 집에 숨어들면 가노코도 같이 숨어든다. 마들렌이 담장 위를 걸으면 물론 가노코도 그렇게 한다. 예컨대 이웃집 할머니가 정원을 손질하는데 마들렌이 담을 타고 나타난다. 얼마 있다가 담장 위에 가노코가 허리를 굽히고 등장한다. 할머니가 비명을 지르고 위험하니까 제발 내려오라고 애원해도, 가노코는 "안녕하세요! 지금 여름방학 자유연구 과제 때문에 마들렌의 산책 지도를 만드는 중이에요" 하며 웃는 얼굴로 손을 흔들고는 재빨리 옆집으로 이동한다.

가노코가 자유연구에 정열을 쏟은 사흘간, 가노코의 어머니는 동네 사람들에게 전화를 한두 통 받은 게 아니었지만, 그때마다 아버지가 "소란을 피워 죄송합니다" 하며 한 집 한 집 학교 숙제에 관해 설명하고 다녔다. 동네 사람들은 모두 아버지와 어렸을 때부터 알던 사이라 그럭저럭 양해해주었지만, 아버지 어머니가 높다란 담장 위를 위태롭게 걸어가는 가노코의 모습을 실제로 봤더라면 과연 그렇게 응원해주었을지는 알 수 없는 일이다.

다행히 가노코는 한 번도 다치지 않고 무사히 지도를 완성했다. 그 성과는 곧바로 마쓰모토 고타의 '수족관'과 더불어 반 아이들의 지대한 관심을 불러모았다. 수업 시작 종이 울리기 조금 전에 교실로 온 선생님도 아이들이 모여 있는 원 가운데에서 가노코가 펴든 지도를 발견하고는 "어머, 그거 재미있구나" 하며 지금까지 본 적 없는 연구에 대한 솔직한 감상을 말했다.

"여러분도 더 보고 싶어요? 그럼 이 지도는 오늘 방과 후에 선생님이 뒷벽에 붙이겠어요. 그럼 내일부터 다들 천천히 볼 수 있겠죠?"

선생님이 약속했다.

"그럼 여러분, 이제 자리에 앉으세요. 아, 수업 시작 종이 울리기 시작했네요. 종이 다 쳤을 때 어떻게 했었죠? 여름방학 동안 잊어버렸나요?"

선생님이 또랑또랑한 목소리로 말하며 교탁으로 다가가자, 가노코는 '맞다, 종이 다 쳤을 때 자리에 앉아 있지 않으면 칠판에 이름이 적혔지' 하는 생각에 허둥지둥 지도를 접고 다른 아이들과 앞을 다투어 자리로 뛰어갔다.

출석을 다 부르고 통지표를 걷은 다음 선생님은 "지금부터 개학식을 하러 체육관으로 가겠어요" 하며 모두 복도에 줄을 서라고 했다. 새 학기의 첫 '전기 당번' 일을 끝내고 복도로 나가자 문 옆에 스즈가 서 있었다.

"안녕, 스즈. 2학기도 잘 부탁해."

즐거웠던 다과회 이래로 일주일 만의 재회였다.

"응, 나도."

어딘지 모르게 기운이 없는 목소리였다. 그러나 가노코는 스즈도 개학식을 앞두고 긴장했나보다 생각해 별달리 신경 쓰지 않았고, 움직이기 시작한 줄을 따라 체육관을 향해 걸어갔다.

가노코가 만든 '마들렌의 산책 지도' 덕분에 생각지도 못한 일들이 일어났다.

선생님이 약속대로 교실 뒷벽에 붙여준 덕분에, 지도는 많은 아이들의 주목을 끌었다. 지도 좌우에는 마들렌의 전신사진과 산호색 목걸이가 잘 보이는 얼굴 사진을 붙여놓았는데, 그것을 본 반 아이들로부터 '전에 마들렌을 어디어디에서 보았다'는 증언이 속출하기 시작한 것이다.

목격 정보가 가장 많이 집중된 곳은 공터였다.

등굣길에 그 앞을 지나는 아이들은, 매일 아침 공터에서 고양이 집회가 열리는데 그곳에서 마들렌으로 보이는 고양이를 자주 보았다, 목걸이도 느낌이 많이 비슷하다고 증언했다.

가노코는 공터의 위치를 듣고 놀랐다.

사흘간의 연구 끝에 가노코는 '마들렌의 행동반경은 집을 중심으로 대략 반경 백오십 미터, 예상 외로 좁은 범위'라는 결론을 도출했다. 그러나 공터는 지도 바깥쪽, 가노코의 집에서 너끈히 오백 미터는 떨어진 곳에 있다. 그렇다면 정확한 연구라 할 수 없게 된다.

"고양이 집회? 나도 볼래!"

순식간에 필드워크의 열정을 다시 불태우기 시작한 가노코에게 아이들은 그 공터에는 이제 고양이가 없다고 알려주었다. 듣자하니 며칠 전에 공터가 갑자기 비닐시트로 뒤덮여, 그후로 고양이들이 보이지 않게 되었다는 것이다.

고양이 집회라는 말을 듣자마자 고양이들이 줄지어 아침 체조를 하는 광경을 떠올렸던 가노코는 몹시 낙담했다. 그래도 친구들의 목격 정보를 그냥 넘기지 않고 적극적으로 지도에 보완해 넣기로 했다. 지도가 이미 벽에 고정되어 가노코는 손이 닿지 않았으므로, 선생님이 대신 매직으로 표시해주기로 했다.

선생님은 사다리에 올라서 아이들의 말을 따라 파란 매직으로 지도에 새 동그라미를 그렸다. 그리고 '빨강 : 마들렌의 산책길'이라고 쓴 가노코의 글씨 옆에 '파랑 동그라미 : 친구들의 목격 정보'라는 주석도 달아주었다. 사다리에서 내려온 선생님은 한 사람의 연구가 모두의 연구가 되었다며 자리에 있던 아이들을 매우 칭찬해주었다. 아이들의 환성을 들으며 가노코는 자랑스러운 기분에 콧구멍을 꽤나 벌름거렸다. 그러나 필드워크에 열정을 불태운 나머지 산수, 국어, 글짓기 같은 숙제를 모두 기한 내에 제출하지 못한 데 대해서는 나중에 선생님에게 주의를 받아야 했다.

2학기가 시작되고 즐거운 나날이 다시 시작되는 것은 멋진 일이었지만, 풀장 수업이 끝나는 것만은 참 아쉬웠다.

가노코는 유치원 때부터 풀장이라면 질색이었는데, 선생님이 잘 가르쳐준 덕분인지 드디어 물에 익숙해져 킥보드를 가슴에 안고 둥둥 뜨는 즐거움도 알게 되었다. 풀장 수업 마지막 날에는 그 전날 준비를 할 때부터 슬퍼졌다. 그래도 막상 1반과 합동 수업이 시작되자 그런 마음은 까맣게 잊고, 준비 운동 뒤에 샤워를 하면서 신나게 비명을 지르고, 물에 들어가 정신없이 친구들과 서로 물을 끼얹고, 코를 쥐고 물속에 들어갔다가 스물까지 세고 튀어나왔다.

다들 제멋대로 돌아다니는 바람에 풀장 수면이 닻처럼 곡선을 그리며 물결쳐서, 가노코의 얼굴에 물을 튀겼다. 얼굴을 훔치고 고개를 들자, 새파란 하늘에 대가족 같은 구름이 뭉게뭉게 떠 있었다. 풀장과 함께 L자 모양으로 운동장을 둘러싼 체육관에서 노랫소리가 들려왔다. 다음 달에 있을 학교 축제 연습인지, 가노코도 잘 아는 〈백 년 동안 쉬지 않고 똑딱똑딱〉이라는 노래를 합창하는 소리가 물보라와 환성을 뚫고 어렴풋이 들려왔다.

"이제 물에 익숙해졌나요? 그럼 옆 사람과 둘씩 짝을 지으세요. 상대를 찾으면 왼손과 왼손으로 악수하고 이렇게 손을 드세요."

선생님이 확성기로 말하자, 가노코는 마침 눈앞에 있던 가토리 씨라는 서포터 아줌마와 짝을 짓기로 했다. 선생님의 신호와 동시에 물을 끼얹기 시작하자, 가토리 씨는 도무지 어른답지 않게 눈을 희번덕거렸다. 그 모습이 어찌나 우스운지 가노코는 더욱 신나서 마구 물을 끼얹었다.

선생님의 호루라기 소리와 함께 물 끼얹기가 끝나고 다음 상대를 찾으러 가려 했을 때, 느닷없이 누가 팔을 붙들었다. 놀라 돌아보자 이상하게 절박한 표정을 한 가토리 씨와 눈이 마주쳤다. 가토리 씨는 어쩐 일인지 겐자부로의 사료에 관해 빠른 말투로 이야기했다. 겐자부로를 어떻게 아는 걸까 이상하게 생각하면서도, 가토리 씨의 박력에 눌려 가노코는 알았다고 고개를 끄덕였다.

가토리 씨와 헤어져 고개를 앞으로 돌리자, 이번에는 스즈의 얼굴이 보였다. 그 즉시 가토리 씨를 까맣게 잊어버린 가노코는 큰 소리로 스즈를 불렀다.

"스즈! 나 아까 이십 초 동안 잠수했다!"

"난 삼십 초."

스즈는 손가락을 세 개 세워 보이며 히죽히죽 웃었다.

"좋겠다." 가노코는 당장 경쟁심이 불타올랐다.

"다들 짝 찾았나요?"

선생님이 말하자, 가노코는 "네!" 하며 스즈의 가냘픈 손을 잡고 큰 소리로 대답했다.

호루라기 소리와 동시에 가노코는 또다시 물을 마구잡이로 끼얹었다.

"있지, 가노코."

"응?"

"저기 말이야."

물이 막을 형성하며 튀어올랐다가 부서져 수면에 떨어지는 소리 사이로 스즈의 목소리가 띄엄띄엄 들려왔다.

"뭐? 안 들려."

"나 말이야……"

"응."

"전학 가."

그 순간, 가노코의 오른손이 툭 떨어져 수면을 때렸다.

꼭 일부러 그런 것처럼 물이 튀어서 가노코의 얼굴을 사정없이 때렸다. 그래도 가노코는 눈도 깜박이지 않고 스즈의 얼굴을 응시했다.

동작을 멈춘 가노코와 스즈 사이에, 주변 아이들이 일으킨 물보라가 소리 내며 쏟아졌다.

풀장의 아이들을 감싸듯 매미가 시끄럽게 울어댔다.

이상하게도 주위에서 소란을 피우는 아이들의 환성보다 체육관의 합창이 더 가까이서 들렸다.

'이제는 움직이지 않는…… 그 시계'

'움직이지 않는'에서 한 번 천천히 쉬었다 부르는 것을 듣고, 아아, 3절의 마지막 부분이구나, 가노코는 멍하니 생각했다.

가노코는 빨갛게 충혈된 스즈의 눈을 빤히 바라보았다.

시선을 밑으로 내리자, 두 아이의 가느다란 팔이 수면 밑에서 흔들흔들하다가 이따금 끊어진 것처럼 굴절되어 비쳤다.

토요일 오후에 겐자부로가 이상하다는 걸 맨 처음 알아차린 사람은 아버지였다.

사료 상자를 들고 먹이를 주러 개집에 다가가도 겐자부로는 반응이 없었다. 식욕이 없거나 자고 있다가도 상자 속에서 사료가 달각거리는 소리가 들리면 바로 쇠사슬을 잘그락거리며 한 번은 꼭 몸을 일으키는 겐자부로가 말이다.

지난주에 겐자부로는 오랜 세월 변함없이 애호해온 사료를 바꾸었다.

가노코가 갑자기 겐자부로도 늙었으니 좀더 먹기 편한 것으로 바꿔주었으면 좋겠다, 지금 것은 너무 오독오독하고 딱딱할 것 같다고 해서였다. 아버지는 그도 그렇겠다며 가노코와 함께 애완동물용품 가게에 가서 지금까지 먹던 종류보다 약간 부드러운 것을 사왔다. 그때 아버지가 "이번엔 다른 맛으로 사볼까?" 해도 가노코는 같은 맛이 좋다며 완강하게 고집을 부렸다. 그리고 아버지가 이유를 묻자 영 알 수 없는 대답을 하는 것이었다.

"어쩐지 겐자부로가 그걸 원할 것 같아서."

그러고는 "이거" 하며, 지금까지 먹던 것과 포장은 똑같지만 보통 타입보다 알갱이가 작고 아삭아삭 씹힌다는 '시니어용' 사료를 아버지에게 건넸다.

보아하니 가노코의 '어쩐지'는 옳았던 듯, 실제로 겐자부로는 꼬리를 흔들고 매우 좋아하며 아버지가 밥그릇에 부어준 새 사료를 먹었다. 폭염 탓인지 전보다 자주 그늘에 맥없이 축 늘어져 있곤 했기 때문에, 식욕이 돌아와 다행이라며 식구들 모두 안도했다.

"겐자부로, 저녁 먹어라."

아버지는 밥그릇에 사료를 쏟아주고 겐자부로를 불렀다. 그러나 땅에 '8'자를 그린 쇠사슬이 안으로 이어진 개집에서는 아무런 대답도 없었다. 아버지는 좀더 큰 소리로 "겐자부로" 하고 부르며 안을 들여다보았다.

겐자부로는 앞다리에 턱을 얹은 채 눈을 감고 있었다. 아버지가 얼굴 앞에서 사료 상자를 흔들자 잠깐 눈을 떴지만 금세 도로 감아버렸다.

여느 때와 다른 겐자부로의 모습에 아버지는 배변 상태를 확인하려고 개집 주위를 살펴보았다. 그러다가 꼭 마당 쪽에서는 안 보이게 감추려는 듯 개집과 담장 사이에 토해놓은 흔적을 발견했다.

저녁을 먹은 뒤 아버지는 가노코와 어머니에게 만일을 위해 내일 겐자부로를 병원에 데려가겠다고 알렸다. 사료를 바꾼 탓이 아닐까 걱정하는 가노코에게 아버지는 "그건 아니야" 하고 웃으며 고개를 가로저었다. 가노코가 설거지를 돕는데 어머니가 말했다.

"겐자부로는 엄마가 시집올 때부터 이 집에 있었으니까, 이젠 아빠의 가장 오래된 가족일 거야."

아닌 게 아니라 이제 곧 열네 살이 되는 겐자부로는 아직 여섯 살밖에 안 된 가노코보다 훨씬, 훨씬 나이가 많은 할아버지였다. 자러 가기 전에 가노코는 겐자부로를 보러 마당으로 나갔다. 겐자부로는 역시 개집 안에서 잠들어 있었고, 밥그릇에 입을 댄 흔적은 보이지 않았다. 여느 때라면 실외기 위나 툇마루에 누워 있을 마들렌이 개집 입구 앞에서 눈을 빛내고 있는 모습에 가노코는 묘한 불안을 느꼈다.

이튿날 아침, 학교에 가지 않는 날이라 가노코가 느지막이 일어났을 때는 이미 아버지가 겐자부로를 데리고 동네 동물병원으로 간 다음이었다.

아버지는 점심 전에 돌아왔다. 보자마자 어떻게 됐느냐고 묻는 가노코에게 아버지는 약간 지친 표정으로 대답했다.

"위에 종양이 생겼나보더라."

가노코가 종양이 뭐냐고 또 묻자, "암이야" 하고 짤막하게 대답했다. 할머니가 병에 걸렸을 때도 들어본 말이었지만 무슨 뜻인지 잘 이해할 수가 없었다. 다만 그 불길한 느낌만은 똑똑히 기억하고 있었다.

"개도 암에 걸려?"

"고양이도, 소도, 아마 새도 걸릴걸."

아버지가 진단 결과가 적힌 종이를 어머니에게 내밀며, 나이가 많아서 의사 선생님도 수술을 권장하지는 않더라고 설명하는 곁을 지나 가노코는 다실로 갔다. 방충망 문을 열고 툇마루로 나가자 마침 겐자부로가 물을 마시려 하는 참이었다.

겐자부로가 가노코의 기척을 알아차리고 고개를 들었다. 그러더니 몇 초간 쳐다보기만 하다가 다시 물그릇으로 주의를 돌려 물을 마신 뒤 담장 밑 우묵땅으로 비슬비슬 다가갔다. 앙상하게 여윈 궁둥이에 축 늘어진 꼬리가 아무 말 말아달라고 애원하는 듯 보였다. 가노코는 우묵땅에 누운 겐자부로를 잠시 바라보다가 거실로 돌아갔다. 그리고 텔레비전 옆 선반에서 디지털카메라를 꺼내 현관을 통해 마당으로 나갔다.

가노코는 이미 눈을 반쯤 감고 앞쪽을 멀거니 바라보는 겐자부로 앞에 쭈그리고 앉아 카메라를 들었다. 어째서 그런 생각이 들었는지는 자신도 잘 알 수 없었다. 그냥 어쩐지 자꾸만 겐자부로의 사진을 찍어야 한다는 생각이 들었다. 카메라 액정화면을 들여다보고야 가노코는 겐자부로의 뒤로 보이는 개집에 마들렌이 앉아 있음을 알았다.

그러고 보니 지금까지 겐자부로와 마들렌이 같이 찍힌 사진을 본 기억이 없다. 마침 좋은 기회라고 생각한 가노코는 몸을 낮추고, 두 마리가 나란히 들어가는 앵글을 잡아 "찍는다!" 하고 신호를 보냈다. 카메라를 쳐다본 채 마들렌이 개집 안에서 크게 하품을 쩍 했다. 그러자 전염된 것처럼 겐자부로도 앞에서 하품을 했다.

두 마리가 동시에 입을 쩍 벌린 바로 그 순간 셔터를 눌렀을 때, 비로소 가노코는 깨달았다.

'아아, 겐자부로와 마들렌은 진짜 부부구나.'

가노코가 풀장에서 스즈의 고백을 들은 지 이틀 뒤, 선생님이 반 아이들에게 정식으로 발표했다.

"갑작스럽지만 스즈가 전학을 가게 됐어요."

일제히 터져나온 웅성거림 너머로 선생님이 "아버님 일 때문에 스즈는 외국 학교로 간답니다. 아쉽지만 이달 말엔 헤어져야 하니까 스즈와 좋은 추억을 많이 만드세요"라고 하는 것을 가노코는 창백한 표정으로 듣고만 있었다.

그날 이래로 스즈와 가노코의 사이에 보이지 않는 딱딱한 공기가 앙금처럼 감돌기 시작했다. 1학기 초에 처음 만났을 때로 되돌아간 것처럼 말을 걸어도 어쩐지 서먹서먹했다. 때때로 스즈는 단둘이서 이야기하는 것을 피하는 눈치까지 보였다. 그래도 이제는 가노코가 스즈를 오해하는 일은 없었다. 오히려 이야기하면 되레 더 슬퍼지기 때문이라는 상대의 속마음을 정확히 이해했다. 유치원 때 같았으면 이런 식으로 상대의 기분을 헤아릴 여유는 없었을 것이다. '지혜를 깨친' 이래로 가노코는 서서

148

히, 확실하게 어른이 되어가고 있었다.

그러나 무슨 일이든 시간이 해결해주게 마련이라고는 해도 가노코에게는 시간 자체가 없었다. 정해져 있는 남은 날들을 생각하니, 이것이 스즈와 함께 극복해야 할 시련이라는 생각이 들었다.

아버지가 겐자부로를 병원에 데려간 다음 날인 월요일, 가노코는 스즈에게 편지를 썼다.

'이번 일요일에 신사 축제에서 만나자.'

가노코의 집 근처에는 결코 크다고는 할 수 없지만 유서 있는 신사가 있다. 설날 다음으로 신사가 가장 북적이는 가을 축제는 가노코가 일 년 중 확실하게 유타카를 입을 수 있는 소중한 날이다. 게다가 아버지의 지갑도 활짝 열리는 특별한 날이기도 하다.

난생처음 자기 의지로 쓴 편지니 기왕이면 정식으로 봉투에 넣어 건네고 싶었다. 어머니에게 의논하니, 그럼 내일 저녁거리를 사러 갈 때 봉투를 사다주겠다고 했다.

이튿날 학교에서 돌아오자 어머니가 예쁜 봉투를 준비해놓고 있었다. 가노코는 당장 편지를 봉투에 넣어 책가방에 챙겼다.

그러나 가노코는 스즈에게 편지를 전달하지 못했다.

다음 날 스즈가 감기 때문에 갑작스레 학교를 쉬었기 때문이다. 게다가 타이밍이 나쁘게도 그다음 주부터 가을 연휴가 시작되어, 축제가 열리는 주말까지 아예 학교 가는 날이 없었다.

가노코는 안달복달하는 기분에서 벗어나지 못한 채 일요일을 맞았다. 지난주에 이어 아버지가 겐자부로를 병원에 데려간 사이에 어머니가 유카타를 입혀주었다. 머리도 정수리에 경단 모양으로 귀엽게 올려주었다.

"기껏 편지를 썼는데."

준비를 마친 가노코는 툇마루에 앉아 게다를 걸친 두 발을 번갈아 흔들며 딱 하루 어긋난 타이밍을 원망했다. 그렇게 된 이상 차라리 스즈의 집으로 찾아가면 됐을지도 모르지만, 그랬다가 스즈가 자기를 싫어하게 되지 않을까 묘하게 눈치를 보느라 결국 아무 일도 하지 않은 것이 뒤늦게 후회가 됐다.

"아아, 스즈도 오늘 축제에 오면 좋을 텐데."

가노코는 힘없이 중얼거리고 옆에 누운 마들렌의 옆구리를 간질였다. 아까부터 마들렌은 세수를 하면서 가노코의 푸념 어린 후회를 무심한 얼굴로 듣고 있다. 상대할 기분이 들지 않는지, 툇마루에서 훌쩍 뛰어내리더니 실외기로 자리를 옮겨 하품을 쩍 하고는 몸을 둥글게 말았다.

저물녘이 되어서야 아버지가 병원에서 돌아왔다.

"역시 체력적으로 수술은 무리인가봐."

아버지는 무거운 한숨을 내쉬며 겐자부로를 안고 들어와 현관문을 닫았다.

"무슨 일이 생길지도 모르니까, 얼마 동안 겐자부로를 집 안에 들여놓으면 안 될까?"

품 안의 겐자부로를 살펴보며 아버지가 제안했다.

"그러게, 그게 좋을지도 모르겠네."

찬성하는 어머니 옆에서 가노코는 유카타 소맷자락을 맹렬히 흔들며 반대를 표명했다.

"안 돼. 그럼 마들렌이 쓸쓸하잖아. 겐자부로랑 마들렌은 부부니까. 겐자부로도 분명히 쓸쓸해할 거야."

"어, 그러냐?"

"응, 몰랐어?"

몰랐다고 순순히 인정하는 아버지의 엉덩이를 뒤에서 밀며 가노코는 개집으로 갔다. 가보니 보통 이 시간에는 어딘가 나가서 모습이 보이지 않는 마들렌이 꼭 기다렸다는 듯 개집 옆에 앉아 있었다.

"정말인데. 부인 같은걸."

"같은 게 아니라 진짜 부인이야."

아버지는 "알았어" 하고 웃으며 겐자부로를 살며시 땅에 내려놓고 어머니가 갖다준 새 담요를 개집 안에 깔아준 후 "무슨 일 있으면 부르는 거다" 하며 허리를 굽히고는 갈비뼈가 앙상하게 드러난 겐자부로의 옆구리를 쓰다듬어주었다. 그러고는 조금 떨어진 곳에서 인간의 움직임을 꼼짝 않고 바라보는 마들렌에게, "그럼 겐자부로를 부탁한다"라고 한 뒤 일어섰다.

"축제에 가자. 겐자부로를 위해 빌자꾸나."

집에 돌아왔을 때부터 어딘지 모르게 슬퍼 보이는 아버지의 모습에 축제에 데려가주지 않을지도 모른다고 내심 걱정하던 가노코는, "응!" 하고 큰 소리로 대답하고 현관 신발장 위에 놓아둔 복주머니 가방을 가지러 돌아갔다.

베이비카스텔라, 금붕어 뜨기, 볶음국수, 군옥수수, 슈퍼볼 뜨기, 거북이 뜨기, 잉어 낚시, 파인애플, 버터 감자, 포켓몬 제비뽑기, 풍선 낚시, 빙수, 시치미, 유리 세공품……

신사의 바깥쪽 기둥문을 지나자, 혼잡한 참배길을 따라 처마에 환하게 불을 밝힌 노점들이 어둠 속에 찬연히 떠올라 있었다.

'베이비카스텔라'라고 굵직하게 쓴 붓글씨는 붉은빛을 발했고, 둥글게 곡선을 그리는 유리 너머에서는 솜사탕이 옅은 안개를 드리우며 아저씨가 들고 있는 젓가락에 새하얀 구름을 자아냈다.

꼭 표정이 있는 것처럼 보이는 사과 사탕들이 동글동글 반들반들 늘어서 있고, 틀에 흘려넣은 붕어빵 반죽에 단팥이 척척 올라간다. 사격은 가노코보다 키가 큰 언니 오빠들이 하는 위험한 것이라고 시켜주지 않는다. 제비뽑기는 작년까지 이백 엔이었는데 삼백 엔으로 올랐다. 뽑기는 지금 집 보고 있는 어머니가 이썩는다고 올해는 금지라고 했고, 방울벌레를 파는 가게 앞에 놓인 녹색 뚜껑이 달린 곤충 사육장 안에서는 찌리리찌리리 대합창이 들려온다.

가노코는 콧김을 씩씩거리며 좌우를 둘러보다 눈에 띄는 모든 것에 환성을 지르고, 사람들이 몰려 있는 곳으로 달려가려다 그때마다 아버지가 "우선 참배부터 해야지"라는 말을 듣기를 거듭하며 겨우 본당 앞에 이르렀다.

아버지가 백 엔 동전을 건네며 "그럼 소원을 빌자" 하고는 새전함 앞에 늘어진 방울 줄 앞에 섰다. 딸랑, 딸랑, 가노코는 아버지와 함께 방울을 울리고 백 엔 동전을 새전함에 던져넣었다.

그러고는 아버지를 따라 손뼉을 딱딱 치고 머리를 깊이 조아리며 중얼거렸다.

"겐자부로가 건강을 되찾게 해주세요."

꽤 오래 빌었다고 생각하고 가노코가 얼굴을 들었는데도 아버지는 여전히 손을 모으고 있었다.

참배를 마치고 새전함 앞 계단을 내려가며 아버지가 "좋아, 뭐부터 할까?"라고 묻자, 가노코는 기다렸다는 듯 "물엿!" 하고 소리치며 뛰어갔다.

가을 축제에는 아버지가 어렸을 때도 있었다는 물엿 노점이 나온다. 판매대에는 늘 똑같은 할머니가 혼자 앉아 있다. 가노코는 나지막한 탁자에 놓인 수조 앞에 서서 "한 번요" 하며 백 엔 동전을 내밀었다.

"자, 세 개."

할머니가 주름이 쭈글쭈글한 손으로 조그만 동전처럼 생긴 것을 세 개 주었다. 오 엔짜리 동전을 더욱 얇게 세 장으로 저며 가운데에 구멍을 뚫은 것이다. 오랫동안 써온 물건인지 표면에 녹이 슬어 거슬거슬하다. 가노코는 그중 하나를 손가락으로 집어 수조 위로 가져갔다.

수조에는 물이 가득 차 있고 바닥에 작은 사기 술잔 세 개가 일정한 간격으로 놓여 있다. 가노코는 수조 옆면을 통해 손가락이 술잔 바로 위에 있음을 확인하고 동전을 떨어뜨렸다. 동전은 바닥까지 대강 삼십 센티미터 되는 거리를 흔들흔들하며 가라앉았다. 처음에는 똑바로 떨어지는 듯하더니만, 갑자기 진로를 바꾸어 술잔에서 꽤 떨어진 곳에 내려앉았다.

가노코는 멈추고 있던 숨을 몰아쉬고는 곧바로 두번째 동전을 들고 수조를 들여다보았다. 이번에는 물의 저항을 줄이기 위해서인지, 동전을 세워서 수면에 수직으로 떨어뜨렸다. 힘차게 똑바로 떨어진 동전은 물속에 들어가더니 눈 깜짝할 새에 옆으로 비껴나갔다.

동전이 바닥에 흩어져 있는 수십 개의 다른 동전들 속에 섞여 드는 것을 원망스러운 눈으로 지켜본 뒤, 가노코는 곧이어 마지막 하나를 손가락으로 집었다.

"옆으로 넣는 거야."

별안간 옆에서 누가 말했다. 고개를 돌리자 스즈가 서 있었다.

"안녕, 가노코."

"스즈!"

가노코는 스즈의 얼굴을 빤히 바라보았다. 혹시 꿈이 아닐까 싶어 스즈의 유카타까지 잡아보았다. 새전을 던지고 겐자부로를 위해 빌었을 때, 아버지한테는 비밀이었지만 '스즈가 축제에 오게 해주세요' 하고 짧게 덧붙였던 것이다. 겨우 오 분 만에 소원이 이루어질 줄은 상상도 하지 못했다.

"언제 왔어?"

"방금. 너도 와 있으면 좋겠다고 아빠랑 이야기하면서 걷는데, 느닷없이 네가 보여서 깜짝 놀랐어."

"너도 아빠랑 왔어?"

"응. 아빠는 먼저 참배하러 갔어."

"있지, 스즈."

"응?"

"그 유카타, 엄청 근사하다!"

가노코는 온 마음을 담아 외쳤다. 하얀 바탕에 연분홍색 꽃이 점점이 그려진 스즈의 유카타는 빈말이 아니라 정말로 산뜻했다.

"너도 진짜 잘 어울려. 경단 머리도."

머리 꼭대기를 가리키는 스즈에게 가노코는 짙은 감색에 빨간 잠자리가 날아다니는 유카타의 소매를 살짝 펴 보이며 웃는 얼굴로 답했다.

"맞다, 스즈, 감기는?"

"다 나았어."

스즈는 두 팔을 수평으로 뻗어 알통을 만들듯 구부리고는 씩 웃었다.

가노코는 축제 기분이 두 사람 사이에 응어리져 있던 무언가를 어느새 흘려보냈음을 아직 알아차리지 못했다. 오히려 스즈의 등장에 갑자기 다시 의욕에 불이 붙어, 유카타 소매를 걷고 수조를 향해 팔을 쑥 뻗었다.

"좋아, 이건 꼭 넣겠어. 잔에 들어가면 하나 더 주니까."

"물에 띄우는 느낌으로 천천히 떨어뜨려봐."

대체 어떤 동작인지 상상이 되지 않았지만, 스즈 말이라면, 하고 동전을 수면과 평행으로 들고 살며시 놓았다.

동전은 꼭 시계추처럼 좌우로 흔들거리며 천천히 낙하했다.

"좋아! 가라!"

가노코의 큰 소리에 떠밀리듯 동전은 우아하게 흔들리며 바닥의 하얀 술잔 중심에 소리 없이 착지했다. 유치원 시절부터 사 년에 걸친 가노코의 도전이 처음 결실을 맺은 순간이었다.

"굉장하다!"

가노코는 깡충 뛰며 스즈의 손을 잡았다.

"아주 똑똑한 아가씨구나. 다른 사람들한테는 비밀이다."

그때까지 잠자코 지켜보던 할머니가 웃으며, 의자 옆에 놓인 한 말들이 깡통에 젓가락을 찔러넣고는 투명한 물엿을 쭉 늘렸다가 빙빙 돌려 작은 사탕을 만들어주었다. 그러더니 우유 전병 두 쪽을 사탕 양옆에 붙여 "자, 옜다" 하고 가노코에게 내밀었다. 가노코는 그것을 먼저 스즈에게 주고, 덤으로 하나를 더 받았다.

"내가 먹어도 돼? 고마워."

"천만에요."

본당 옆 커다란 녹나무 밑에서 기다리는 아버지에게 가보니,

아버지는 체격이 다부진 남자와 얘기 중이었다.

"우리 아빠."

스즈가 우유 전병을 깨물어 먹으며 소개하는 말에 가노코가 허둥지둥 고개를 꾸벅 숙이자, 스즈의 아버지도 정중하게 답례했다.

"원래는 오늘 일기예보에서 비가 온대서 안 올 생각이었거든. 그런데 갑자기 아빠가 가자고 하잖아. 그때부터 허둥지둥 짐을 뒤져서 유카타를 꺼내 입었지 뭐야. 하지만 비 안 올 것 같아. 봐, 별이 보이잖아."

참배길을 내려다보듯이 우뚝 선 녹나무의 굵은 줄기에 코드를 감아 높다랗게 설치한 조명이 본당 앞 야트막한 계단을 우산처럼 비추었다. 불빛을 등진 탓에 가노코의 눈에 스즈의 아버지는 흡사 커다란 그림자처럼 비쳤다. 다부진 몸이 고개를 숙여 인사하자, 별안간 그림자가 둘로 접힌 것처럼 보였다. 얼굴이 잘 보이지 않아 연신 고개를 움직여야 했지만 역시 등뒤의 조명 탓에 제대로 보이지 않았다.

가노코는 스즈가 옆에서 기다리는 기색을 알아차리고 허둥지둥 아버지를 소개했다. 스즈는 조금 부끄러운 듯 고개를 숙인 뒤 가노코에게 재빨리 귓속말로 "사슴이랑 이야기한 아버지지?" 하고 물었다.

가노코가 "스즈네 아빠를 어떻게 알았어?" 하고 묻자 아버지는 "스즈네 아버지가 먼저 말을 걸어주셨단다"라고 대답했다.

"가노코 너도 아빠가 먼저 발견했어."

"어, 그래?"

"축제에 오길 정말 잘했다. 널 만났으니까."

스즈는 웃으며 물엿에 붙은 우유 전병을 베어물었다.

"그러게. 축제에서 만나자는 편지까지 준비해주고 말이지."

스즈 아버지가 깊이 있는 굵직한 목소리로 말했다. 가노코는 놀라 얼굴을 쳐들었다. 편지 이야기를 어떻게 알지? 높은 위치에 있는 그 얼굴을 빤히 올려다보았지만, 역시 등뒤 조명 탓에 표정이 그림자로만 보였다. 저도 모르게 "어떻게?" 하고 물으려 했을 때, 가노코의 아버지가 말했다.

"둘이서 돌아보고 오렴. 우리는 여기서 좀더 이야기하고 있을 테니까."

두 아버지는 가노코와 스즈에게 각각 천 엔씩 주었다. 가노코는 "와!" 하고 소리 지르고는 두 손으로 공손히 지폐를 받았다.

"아껴서 써야 한다."

아버지의 말에 두 사람은 입을 모아 "네" 하고 대답하고는 젓가락으로 물엿을 빙빙 돌리며 노점이 늘어선 참배길로 갔다.

가노코는 몇 발짝 가다가 돌아보았다. 신사 본당의 커다란 실루엣 앞에서 스즈의 아버지는 역시 그림자처럼 우두커니 서 있었다. 바로 옆에 선 가노코의 아버지가 조명을 받아 상반신이 뚜렷이 부각되는 탓에 그 대비는 더욱 기이하게 보였다. 가노코의 시선을 알아차렸는지 스즈 아버지가 손을 흔들었다. 어떻게 하면 좋을지 알 수 없어 가노코는 고개를 꾸벅 숙이고 허둥지둥 몸을 돌렸다.

그 순간, 선명한 색채의 노점 불빛이 시야를 가득 메웠다. 삽시간에 마음을 빼앗긴 가노코는 스즈와 앞다투어 인파 속으로 뛰어들었다.

물론 천 엔은 두 아이에게 엄청나게 큰 돈이지만, 축제에서는 다섯 번만 놀면 금세 없어진다. 노점은 의외로 비싸게 받기 때문이다. 그래서 두 아이는 신중하게 비용 대 효과를 검토하고 우선 초콜릿 바나나를 먹은 후에 가노코가 잘하는 고리 던지기를 하기로 했다. 가면도 갖고 싶었지만 남은 돈으로는 어림도 없어서, 여러 가면이 진열된 판매대 앞에서 어느 가면이 좋은지 진지하게 토론만 했다.

가노코와 스즈는 좋아하는 가면은 전혀 일치하지 않았지만,

재미있게도 여자아이 가면이 싫은 점에 대해서는 의견이 척척 맞았다.

"저런 분홍색 머리는 좀 그렇지 않니?"

두 사람은 고리 던지기 경품으로 받은 스낵을 우물우물 먹으면서, 거침없이 가면을 가리키고 저마다 개선점을 늘어놓았다.

풍선 낚시, 슈퍼볼 뜨기, 마지막으로 제비뽑기를 하고 나니 천엔은 흔적도 없이 사라졌다. 둘은 빨간 종이 제비 무더기에 손을 쑥 넣어 바닥에서 제비를 하나씩 뽑아 펴보았다. 눈앞에 차고 넘칠 듯 늘어선 상품들 중에 각자의 번호를 찾는데, "자, 너희 둘다 아차상!" 하는 소리와 함께 가게를 보는 오빠가 보이지 않는 곳에서 상품을 꺼내주었다. 두 아이는 한동안 어안이 벙벙해서 손에 들린 기름한 물건을 내려다보다가 입에 대고 불어보았다. 피리 소리와 동시에 끄트머리에 달팽이처럼 돌돌 말린 종이가 확 펴졌다. 두 아이는 금세 웃음을 되찾고 '삘리리삘리리' 하고 피리를 불어 종이를 폈다 말았다 했다.

돈을 다 쓰고도 가노코와 스즈는 같은 곳을 몇 번씩 돌았다. 처마 끝에 진열되어 있는 비닐봉지에 든 솜사탕들을 올려다보고, 사격하는 커다란 오빠가 엉덩이를 사격대에 얹고 팔을 쭉 뻗어 조준하는 모습이 멋지다고 소곤거리고, 제비뽑기 오빠가 역시 보이지 않는 곳에서 경품을 꺼내 건네는 것을 곁에서 '삘리리삘리리' 피리를 불며 구경했다.

가노코와 스즈가 아버지가 기다리는 곳으로 돌아와보니, 아버지는 혼자 돌계단에 걸터앉아 파인애플을 먹고 있었다.

"어, 스즈네 아빠는?"

"먼저 가셨단다. 이삿짐센터에서 온다고. 괜찮아, 스즈를 집까지 잘 데려다주겠다고 약속했으니까."

아버지가 "걱정 말고 같이 가자꾸나"라고 하자, 스즈는 "잘 부탁드립니다" 하고 예의 바르게 머리 숙여 인사했다.

"자, 그럼 마지막으로 하나만 더 하고 갈까?"

여전히 그림자가 드리워져 있는, 스즈 아버지가 서 있던 곳을 멍하니 바라보던 가노코는 반사적으로 고개를 들었다. 아버지가 더 하고 싶은 게 있느냐고 묻기에, 두 아이는 얼굴을 마주 보고 의논할 것도 없이 "불꽃놀이!" 하고 입을 모아 외쳤다.

노점 중에 온갖 종류의 불꽃놀이 장난감을 매대 가득 늘어놓고 파는 곳이 있었다. 아까 가노코와 스즈는 그곳에서 빨강, 노랑, 파랑으로 물들인 폭탄 같은 둥근 공에 짤막한 끈이 달린 것을 발견하고, 저건 대체 어떤 걸까 진지한 얼굴로 상상을 부풀렸었다.

"좋아." 아버지의 대답에 두 아이는 환성을 지르며 뛰어갔다. 아버지는 "위험한 건 안 된다"라며 황급히 그뒤를 쫓아갔다.

아버지가 불꽃놀이 장난감을 파는 노점에 도착했을 때, 두 아이는 이미 매대에 달라붙어 눈을 등잔처럼 크게 뜨고는 깔끔하게 구분된 색색의 장난감을 구경하고 있었다.

두 아이는 조그만 불꽃놀이 세트와 뱀 불꽃을 골랐다. 쥐 불꽃은 아니나 다를까 주위 사람들이 다칠 수 있으니 안 된다고 했다. 하지만 폭탄처럼 생긴 장난감을 도저히 포기할 수 없었던 가노코는 끈질기게 아버지를 조른 끝에, 멀리 떨어진 곳에서 아버지가 불을 붙여준다는 조건으로 겨우 노란색으로 하나 사는 데 성공했다.

신사 부지 안에 있는 공원으로 자리를 옮기니 곳곳에서 사람들이 불꽃놀이를 벌이고 있었다. 아버지는 불꽃놀이 세트에 든 작은 초를 꺼내 옆에서 불꽃놀이를 하는 가족에게 불을 얻었다.

아버지는 벤치 밑에 버려져 있던 맥주 캔을 거꾸로 뒤집어 움푹 들어간 바닥에 촛농을 떨어뜨리고 초를 고정시켰다.

이미 첫 불꽃을 준비해둔 두 아이는 앞다투어 초로 불을 붙였다.

막대기 끝에서 맥없이 튀어나온 종이에 불길이 일렁이며 옮겨붙었고, 얼마 있다가 불꽃이 기세 좋게 튀기 시작했다. 뭉게뭉게 피어오르는 연기 너머에서 빨강과 파랑, 녹색 빛이 흩어지는 것을 바라보니 어둠 속에서 시간이 늘었다 줄었다 하는 것 같은 묘한 기분이 들었다. 그러나 그 느낌이 잘 표현되지 않아 "불꽃놀이는 참 신비스러워"라는 말밖에 못하는 것이 가노코는 못내 답답했다.

뱀 불꽃은 불을 붙이자 불꽃을 어른거리며 기운차게 뻗어나갔다. 정말 뱀처럼 똬리를 틀고 꿈틀거리는 모습은 꽤나 섬뜩했다. 뱀 불꽃은 처음 본다는 스즈는 한없이 맹렬한 기세로 뻗어나가는 검은 그림자를 보고 "화장실 그거 같아" 하고 솔직한 감상을 말했다.

"그러고 보니 우리 문경지우지."

가노코는 그 말을 듣고 문득 떠올렸다.

"응, 문경지우."

스즈도 오랜만에 생각났다는 듯 웃으며 고개를 끄덕이고는, "나, 여기 아랫니가 곧 빠질 것 같아"라며 입을 크게 벌리고 보여주었다.

"나도 요 밑의 이가 요새 흔들거리기 시작했어."

가노코도 질세라 말하고는 "그럼 다음은 이거" 하면서 불꽃놀이 세트 봉지 위에 놓아두었던 노란색 공을 아버지에게 건넸다.

"어째 무서운걸."

아버지는 큼직한 매실 장아찌 크기의 공을 손바닥에 굴리며 조금 떨어진 곳으로 가 내려놓았다. 그리고 조심조심 맥주 캔을 들어 촛불을 가까이 댔다.

공에 달린 짤막한 도화선을 타고 불길이 타들어가더니, 갑자기 '슉' 소리와 함께 연기가 뭉게뭉게 피어올랐다. 생각지도 못한 기세로 뿜어져나오는 연기에 아버지도 놀라 가노코 옆까지 도망쳐왔다.

연기 뒤에 대체 어떤 화려한 불꽃이 나타날까 궁금한 가노코는 스즈의 손을 잡고 마른침을 삼키며 다음 전개를 기다렸다. 그러나 아무리 기다려도 불꽃은 튀지 않았다. 연기만 세차게 뿜어져나올 뿐이었다.

"어라……?"

가노코의 입에서 의심에 찬 목소리가 흘러나왔을 때 연기가 뚝 그쳤다.

세 사람은 얼마 동안 말없이 어두워진 지면을 응시했다.

"스모크볼이구나."

아버지가 중얼거렸다.

"그게 뭔데?"

"연기 공. 연기만 나오는 거야."

"그럼 이게 끝이야?"

"그렇지."

생각지도 못한 결말에 가노코와 스즈는 한동안 힘이 빠져 우두커니 서 있었다.

"덕분에 새로운 걸 알았네."

스즈가 나지막이 중얼거렸다.

가노코는 말없이 고개를 끄덕이고는, "이게 마지막" 하며 불꽃놀이 세트 봉지를 뒤져 남아 있던 막대 불꽃 다발을 건넸다.

여전히 스모크볼의 연기가 떠도는 가운데 두 사람은 몸을 굽히고 막대 불꽃에 불을 붙였다. 가노코는 정신없이 불꽃이 튄 뒤 찾아오는, 붓으로 짤막짤막하게 그은 듯한 선이 심지에서 비 오듯 쏟아지는 마지막이 특히 좋았다. 그 말을 스즈에게 하자 스즈도 곧바로 "난 맨 마지막에 용암 같은 빨간 방울이 가만히 흔들릴 때가 좋아"라고 자신의 의견을 밝혔다.

"저기, 가노코."

"응?"

"수요일에 송별회가 있잖아?"

스즈와 학교에서 만날 수 있는 날이 이제 사흘뿐이라는 사실에 새삼 맞닥뜨린 가노코는 할 말을 잃었다.

"우리, 어른스럽게 헤어지자."

"어? 그게 무슨 뜻이야?"

가노코는 쉰 목소리로 겨우 되물었다.

"잘은 모르지만, 울고 그러는 건 없기."

"알았어."

마지막 빨간 방울이 스즈의 불꽃에서 똑 떨어졌다. 약간 뒤처져서 가노코의 방울도 땅으로 사라졌다. 어느 쪽이 더 오래 가나 경쟁했는데 이겨도 하나도 기쁘지 않았다.

"이제 그만 갈까."

불꽃이 다 탄 것을 보고 벤치에 앉아 있던 아버지가 일어나 손바닥으로 촛불을 껐다.

가노코는 스즈의 손을 잡고 집까지 바래다주었다. 가는 동안 둘은 거의 말을 주고받지 않고, 그저 상대방의 보드라운 손바닥 감촉을 느끼고 또각또각 하는 게다 굽 소리에 귀를 기울였다.

"바래다줘서 고마워."

"너도 오늘 와줘서 고마워."

"잘 자, 가노코."

"너도 잘 자, 스즈. 내일 또 보자."

가노코는 현관 앞에서 인사를 하고 스즈와 헤어졌다.

"스즈네 집에서도 개를 키우니?"

집으로 돌아오는 길에 아버지가 물었다.

"안 키우는데. 왜?"

"아니, 스즈네 아버지가 개에 관해 잘 알기에. 겐자부로가 아프다고 했더니 상태가 어떠냐고 자세히 묻잖아. 꽤 걱정해주더구나."

"그랬어?" 가노코는 저도 모르게 큰 소리로 말했다. 겐자부로를 걱정해주었다는 그 하나로, 지금까지 스즈 아버지에 대해 품고 있던 어두침침한 인상이 단번에 환해진 듯한 느낌이었다. 녹나무 밑에 선, 그림자로 뒤덮인 얼굴 윤곽 안쪽에 어느새 다정한 표정이 그려졌다.

"그나저나 신기하던걸. 뭐랄까, 처음 이야기하는 것 같지 않다고 해야 하나."

"1학기 아버지 수업 참관 때 만나서 이야기했나보지."

"그런가…… 기억이 안 나는데. 하지만 스즈네 아버지, 용케 날 알아봤다 싶단 말이지. 어두운 곳에 앉아 있었는데 쉽게 발견하더라고. 남달리 눈이 좋은가."

팔짱을 끼고 생각하던 아버지는 "맞다, 스즈네 아버지, 일 때문에 인도로 이사한다더라" 하고 별안간 화제를 바꿔 가노코가 아직 몰랐던 사실을 가르쳐주었다.

"인도, 멀어?"

"멀지. 아주 멀고 사람이 아주 많은 곳이란다."

아버지의 말에 가노코는 힘없이 고개를 숙이고 또각또각 게다 굽 소리를 내며 아스팔트 길을 걸었다. 아버지가 "어라, 이 공터, 비닐시트로 잘 덮여 있더니 전부 벗겨졌잖아. 지난주 태풍 때문인가?" 하고 놀라 큰 소리로 말해도, 옆에 펼쳐진 공터를 보려 하지도 않았다. 하지만 얼마 가서 가로등이 비추는 흰 벽에서 도마뱀붙이를 발견했을 때는 곧바로 멈춰 서서 유심히 살펴보았다. 꼬리를 자르면 또 날까, 둥근 발가락을 좍 펴고 꼼짝 않고 붙어 있는 조그만 동물에게 꽤나 몹쓸 생각을 하는데, 도마뱀붙이를 싫어하는 아버지가 "얼른 가자"며 몇 번씩 재촉했다.

송별회 당일 가노코는 학교에서 스즈와 별로 얘기를 나누지 못했다.

스즈도 조회가 끝나고 돌아오는 복도에서 "아직 아랫니가 안 빠졌지 뭐야" 하고 말한 것을 마지막으로 하루 종일 반 아이들을 상대해야 했을 뿐 아니라, 송별회에서도 주역으로서 단상 위에 계속 앉아 있어야 했다. 마침내 두 아이가 찬찬히 이야기를 나눌 수 있었던 것은 학교가 파한 다음이었다.

학교에서 스즈네 집으로 가는 길은 가노코네 집과 정반대 방향이었지만, 가노코는 책가방을 나란히 하고 스즈를 집까지 바래다주었다.

오늘 저녁 공항 근처 호텔로 가서 그곳에서 하루 자고 내일 아침 비행기를 탄다고 했다. 스즈는 여전히 빠지기 직전이라는 아랫니에 신경이 쏠려 있었다. 가노코도 드디어 흔들흔들하기 시작한 아랫니를 혀로 만져보며 물었다.

"이가 빠질 때 '우지직' 하고 나는 그 엄청난 소리는 대체 뭘까."

"이가 살이랑 분리되는 소리 아닐까?"

"그런데 그렇게 엄청난 소리가 나? 어째 뼈에 금 가는 소리 같지 않니?"

"하지만 남한텐 안 들릴걸."

"그런가?"

"이가 빠지기 직전의 그 아픈 것 같기도 하고 간지러운 것 같기도 한 느낌이 진짜 싫어."

스즈는 이제 좀만 더 노력하면 빠질 텐데 무서워서 마지막 한 발짝을 못 내딛겠다며, 자기는 용기가 없다고 했다.

"엄마가 이에 실을 매서 문고리에 묶고 문을 확 열면 금세 빠질 거라던데."

농담으로 들리지 않았는지 스즈의 얼굴이 갑자기 굳는 것을 알아차리고 가노코는 황급히 말을 이었다.

"이가 빠진 다음에 혀를 쏙 넣어보면 구멍이 깊이 나 있어서 깜짝 놀라지 않니?"

"하지만 새 이가 그 속에 살짝 나와 있으면 기쁘지."

스즈는 여전히 입 안에서 꼬물꼬물 혀를 움직이며 고개를 끄덕였다.

스즈네 집 지붕이 길 끝에 보이기 시작하는데도 가노코는 내일 이후에 관해서는 아무것도 묻지 않았다.

스즈도 내일 이후에 관해서는 한마디도 하지 않았다.

결국 스즈와는 이 빠지는 이야기만 한 채 현관 앞에 당도하고 말았다. 이로써 정말 헤어지는 건가 생각하니 어딘지 모르게 허망한 것 같기도 하고 터무니없이 아까운 것 같기도 했지만, 가노코는 축제날에 한 울지 말고 헤어지자는 약속을 끝까지 지키고 싶었다.

스즈는 일단 현관 안으로 들어갔다가 책가방을 두고 도로 나왔다.

"잘 있어, 가노코."

"응, 너도."

그때 스즈가 '아!' 하는 표정으로 눈을 크게 떴다. 가노코가 무슨 일이냐고 묻기도 전에 스즈는 별안간 몸을 돌리더니 "그럼 또!" 하고 현관문을 열고 사라져버렸다.

소리 내어 닫힌 문 앞에서 가노코는 멍하니 서 있었다.

아직 이별이 끝나지 않았다고 생각하며 스즈가 다시 나타나기를 기다렸지만, 오 분이 지나도 문은 꿈쩍도 하지 않았다.

보아하니 이별의 시간은 끝난 모양이었다.

마지막 말이 '그럼 또'인 것도 스즈답다면 스즈다웠지만, 어째 다른 의미로 눈물이 날 것 같아 가노코는 책가방을 거칠게 고쳐 메고 현관에 등을 돌렸다.

스즈는 늘 왜 그럴까, 새삼 원망하며 온 길을 돌아가려 하는데, "가노코!" 하고 갑자기 머리 위에서 목소리가 들려왔다.

깜짝 놀라 돌아보니, 2층 빨래 건조대 위에서 스즈가 손을 흔들고 있었다.

"빠졌어!"

"어?"

"이별 인사를 하려는데 갑자기 입 안에 뭐가 구르잖아. 그래서 혀로 확인해봤더니 이였어! 빠진 이 뒤쪽은 절벽 같은 게 굉장히 느낌이 이상해."

스즈는 난간 너머로 팔을 쑥 내밀었다. 손가락 사이로 허연 것이 이럭저럭 보였지만, 그보다 웃는 얼굴 한가운데에 빠끔히 난 검은 구멍이 더없이 분명하게 사실을 전해주고 있었다.

"잘됐다!"

"고마워. 그렇지만 피 맛이 약간 기분 나빠."

"그런데…… 왜 빨래 건조대에 올라갔어?"

스즈는 '어?' 하고 순간 놀란 표정을 짓더니, 이렇게 하는 거라는 듯이 팔을 휘둘렀다.

"튼튼한 이가 나게 해주세요!"

허연 그림자가 빨래 건조대 위의 지붕 위로 날아가 소리도 없이 사라졌다.

생각지도 못한 스즈의 행동에 가노코는 입을 헤 벌리고 이가 사라진 하늘을 올려다보았다.

"몰라?"

"어?"

"아랫니가 빠지면 지붕 위에, 윗니가 빠지면 툇마루 밑에 던져야 건강한 새 이가 나는 거야."

가노코는 여전히 놀람이 가시지 않은 표정으로 고개를 흔들었다. 가노코의 빠진 이는 탯줄을 넣은 나무상자와 함께 어머니가 전부 소중히 보관했다.

"다음에 한번 해보지?"

"응, 그럴게."

가노코는 혀로 이를 밀고 '흔들흔들' 뒤에 찾아오는 무딘 아픔을 확인하며 고개를 끄덕였다.

문득 정적이 찾아들었다. 두 아이는 말없이 마주 보았다.

"안녕이외다."

스즈는 빨래 건조대에서 엄숙하게 고했다.

그러고 보니 축제에서 어른스럽게 헤어지자고 약속했던 것이 생각나 가노코도 중후하게 답했다.

"안녕이외다."

"지금까지 즐거웠소이다, 가노코 공."

"소인도 즐거웠소이다. 평안히 지내시오, 스즈 공."

"숙제는 제때 내야 하외다, 가노코 공."

"우유를 단숨에 마시는 건 정도껏 해야 하외다, 스즈 공."

스즈를 올려다보려니 갑자기 콧속이 시큰해지고 눈 밑 언저리가 이상하게 간질간질했다. 가노코는 "그럼!" 하고 손을 흔들고 스즈를 외면했다. 그러고는 빠른 걸음으로 집을 향해 걷기 시작했다.

얼마 가서 돌아보니, 스즈는 난간 밖으로 상반신을 내밀고 이불 방망이를 높이 치켜들고 있었다.

"언제까지나 문경지우외다, 가노코!"

"평생 문경지우외다, 스즈!"

"안녕히, 가노코!"

"안녕히, 스즈!"

가노코는 스즈의 떨리는 목소리에 힘껏 팔을 흔들어 대답하고 다시 걷기 시작했다.

두 번 다시 돌아보지 않았다. 거기서 돌아봤다가는 스즈와 한 약속을 어겼음을 금세 들켜버릴 것이다.

엉엉 울며 집으로 돌아온 가노코를 어머니는 현관에서 다정하게 맞아주었다. 어머니는 저녁으로 가노코가 좋아하는 명란 스파게티를 만들어주었다. 가노코는 도깨비처럼 퉁퉁 부은 눈으로 맛있게 먹었다. 잠자리에 누워서도 혼자 한참을 울었다. 많이 운 덕에 아침까지 푹 잘 수 있었다.

9월은 가노코에게 이별의 달이 되었다.

스즈가 일본을 떠난 나흘 뒤, 십삼 년간의 생을 마치고 겐자부로가 조용히 세상을 떠났다.

현관에 있는 큰 게시판 앞에 가노코가 서 있는데 "오래 기다렸지?" 하며 선생님이 사다리를 들고 왔다.

"어느 걸 새로 붙인다고 했지?"

선생님의 물음에 가노코는 사진 두 장을 내밀었다.

선생님은 첫 장을 보고 "스즈구나" 하고 눈을 가느스름하게 뜨고, 다른 한 장을 보고 "얘들 같이 살고 있었니? 꼭 부부 같구나" 하며 소리 내어 웃었다.

진짜 부부였다는 가노코의 말에 선생님은 "남편 이름은 뭐니?" 하고 물었다.

"겐자부로요."

오늘로 죽은 지 딱 일주일이라고 하자, 선생님은 "멋진 부부였구나" 하고 몇 번씩 고개를 끄덕이며 게시판 앞에 사다리를 세웠다.

사다리에 올라선 선생님은 새 사진을 붙이고 "이제 됐다"며 고개를 끄덕였다.

"그럼 내일 또 만나자. 집까지 조심해서 가렴."

사다리를 접고 인사하는 선생님에게 가노코도 고개를 숙였다. 선생님이 사다리를 옆구리에 끼고 교무실로 돌아가고 나서도 가노코는 한동안 게시판을 올려다보았다.

게시판에는 바로 어제 각 학년에서 뽑은 여름방학 자유연구 과제 우수작이 붙어 있었다.

한복판에는 다른 작품보다 한층 큰 '마들렌의 산책 지도'가 자리했다. 가노코의 자유연구는 반 아이들뿐 아니라 다른 반 선생님들에게도 높은 평가를 받아 당당히 1학년 대표로 뽑혔다.

가노코가 선생님에게 새로 붙여달라고 한 사진 두 장은 겐자부로의 장례식을 치른 뒤 여름방학 사진을 정리하다가 발견한 것들이었다. 선생님은 그것들을 원래 붙어 있던 마들렌의 전신

사진과 얼굴 사진 밑에, 세로로 깔끔하게 줄을 맞춰 붙여주었다. 첫 장에는 툇마루에 나란히 앉아 수줍게 웃는 가노코와 스즈, 그 옆에 몸을 둥글게 만 마들렌이 찍혀 있었다. 다과회를 하던 날에 어머니가 찍어준 사진이었다. 두번째는 볼살을 있는 힘껏 밀어올리며 하품을 하는 겐자부로와 마들렌의 사진이다. 개집 앞에서 가노코가 찍은, 처음이자 마지막이 된 부부 사진이었다.

가노코는 형편없는 얼굴을 한 마들렌과 겐자부로를 눈도 깜박이지 않고 쳐다보았다. 그리고 그 위 사진으로 시선을 옮겨서, 작은 손을 뻗어 옆에 앉은 마들렌의 등을 살며시 쓸어주는 스즈에게 "나도 어제 아랫니 빠졌다" 하며 아랫입술을 당겨 이가 빠진 곳을 보여주었다. "아, 맞다, 빠진 이는 말이지……" 말을 이은 가노코는 배시시 웃으며 손을 흔들고 게시판 앞을 떠났다.

신발장 앞에서 신을 갈아신고 교정으로 나왔다.

처음에는 혼자 따분하게 걷다가, 뭔가에 발이 걸리는 바람에 발걸음이 묘한 스텝처럼 비틀거렸다. 그 몸동작이 재미있었는지 그다음에도 몇 번씩 같은 스텝으로 비틀거렸다. 그것이 어느새 기이한 리듬을 띠더니 이윽고 경쾌한 스텝으로 바뀌어, 가노코는 까불까불한 발걸음으로 교문 너머로 사라졌다.

4장.
가노코와 마들렌 여사

겐자부로가 세상을 뜬 지 엿새째 되는 날 아침, 마들렌 여사는
신문 배달원의 오토바이 소리에 잠에서 깼다.

하품과 함께 기지개를 켜며 입을 쩍 벌렸다. 허공을 향해 혀끝
을 가늘게 떨고 차양을 올려다보았다. 밤이 물러난 직후의 하늘
은 아직 잠에서 덜 깬 것처럼 부옇다. 이윽고 옆집 기와지붕 너
머가 연홍색으로 물들고 여기저기서 새들이 지저귀기 시작했다.

여사는 다실 툇마루에서 땅으로 내려섰다. 개집을 잠시 들여
다본 뒤, 대문 밑을 지나 도로로 나갔다.

마들렌 여사는 공터로 향했다.

도중에 좁은 외길에서 산책중인 대형견과 마주쳐도 여사의
걸음걸이는 변하지 않았다. 비록 말은 통하지 않을지언정 개 쪽

에서도 '겐자부로 씨 댁'임을 알기 때문에 서로 거리를 두면서 아무 일 없이 엇갈려 지나친다. 아침 일찍 일어나 산책용 목줄을 잡고 나온 주인만이 서슴없이 지나가는 여사를 내려다보고는 '뻔뻔한 고양이'라며 눈살을 찌푸린다.

모퉁이를 몇 번 돌아 여사는 낡은 2층 연립 부지로 들어섰다. 기둥을 따라 자전거가 늘어선 통로를 지나 옆에 놓인 세탁기로 뛰어올랐다. 이어서 벽에 붙은 온수기로 옮겨갔다. 그곳에서 오른 다리만 살짝 들면 담장이다.

여사는 폭 십오 센티미터의 길을 나아갔다.

상체를 그리 숙이지 않고, 턱은 가볍게 들고, 앞발을 번갈아 내려놓는 모습이 어딘지 모르게 우아하다.

집의 경계를 따라 갈라져나갔다가 다시 연결되는 담장 노선도는 도로보다 훨씬 복잡하다. 높낮이 차가 있는 담장을 갈아타며 모퉁이 돌기를 왼쪽으로 두 번, 오른쪽으로 세 번. 시야가 별안간 확 트이는 곳에서 여사는 담장에서 뛰어내렸다.

"안녕하세요, 마들렌 여사."

공터에 도착했음을 알리는 목소리에 여사도 답례했다.

"안녕하세요, 와산본."

여사가 등장한 담장과 구십 도로 이어지는 하얀 블록 담장에는 먼저 온 와산본과 미켈란젤로가 꼬리를 늘어뜨리고 앉아 있었다. 꼬리가 깡뚱한 삼색 고양이인 미켈란젤로의 경우는 늘어뜨렸다기보다 내려놓았다는 표현이 정확할지 모른다.

"안녕하세요, 미켈란젤로."

"안녕하세요, 마들렌 여사. 역시 목걸이가 없는 여사는 영 어색하네요."

열흘 남짓 시트 밑에 갇혀 있었는데도 수풀은 늦여름의 햇살을 받아 억센 생명력으로 부활했다. 10월 중순이 됐는데도 공터를 뒤덮도록 무성한 풀의 물결이 유연하게 여사의 몸에 밀려들었다 빠져나간다.

여사는 폐타이어 네 개가 쌓인 곳 앞에 멈춰 섰다. 중간에 한번 무너져 바닥에 뒹굴던 폐타이어들을, 이따금 공터에서 캐치볼을 하는 옆집 형제가 힘겨루기 삼아 도로 쌓아놓았다. 덕분에 여사는 전보다 한 단 높은 곳에서 공터를 내려다볼 수 있다.

"오늘로 사흘째…… 그애가 정한 기한이군요. 그래서 여사는 어떻게 할 거예요? 아무도 강요할 순 없지만, 난 여사가 이 동네에 남아주면 좋겠어요."

와산본의 말에는 대답하지 않고, 여사는 타이어 위로 가뿐히 뛰어올라 휠 부분에서 놀던 조그만 날벌레를 쫓아내고 천천히 앉았다.

타이어 위에서 공터를 둘러보니, 담장 밑에 검은 시트가 구깃

구깃하게 밀려나 있다. 미켈란젤로가 어느 날 갑자기 거의 다 젖혀져 있는 것을 발견한 비닐시트는 그다음 주에 태풍이 날뛴 탓에 더욱 구석으로 밀려났다. 그뒤로 부동산 회사의 움직임은 없었다. 언제 다시 시트가 부활할지 모르지만, 현재 고양이들은 다시 찾아온 평온을 만끽하고 있었다.

"그나저나 착한 아이로군요. 손가락만 빨고 있을 때는 꽤나 흐리멍덩한 애라고 생각했는데요."

"네, 착한 아이예요. 아주 똑똑하고요."

"그럼 싫어하지 않는군요?"

"싫어하지 않아요. 오히려 좋아할 정도인 걸요."

"그런데도 떠나는 거예요?"

말없이 앞다리를 핥아 아침 몸단장을 시작하는 여사를 내려다보며 와산본은 한숨을 쉬고 꼬리를 천천히 튕겨올렸다. 회색 줄무늬가 진 기다란 꼬리가 코끝에 닿을 듯 말 듯 지나치는 바람에, 등뒤에 앉은 미켈란젤로는 몹시 언짢은 표정으로 고개를 뒤로 뺐다.

"이 동네에서 저 동네로 옮겨다니는 생활도 분명 근사할 거라고 생각해요. 하지만 여기 있는 고양이 모두가 내일도 변함없이 여사를 만나길 바란다는 걸 잊지 말아요."

와산본이 웬일인지 빈정거림이 담기지 않은 어조로 호소하자, 미켈란젤로도 진지한 목소리로 말을 이었다.

"캔디와도 이별했는데 여사까지 잃었다간 너무 쓸쓸할 거예요. 아, 이렇게 말하니까 어째 꼭 여사까지 죽는 것 같지만요."

폐타이어 주위에 흩어져 웅크리고 앉은 다른 고양이들도 비슷한 말을 하는 것을 여사는 묵묵히 세수를 하며 들은 다음, "고마워요, 여러분. 친절한 말씀에 감사드려요" 하며 머리를 깊이 숙이고는 그 김에 뒷다리로 목 언저리를 긁었다. 목걸이가 없어서, 뒷다리가 걸리는 데 없이 호쾌하게 누런 털을 흐트러뜨렸다.

암고양이 세 마리가 새로 공터에 도착해 정규 멤버가 모두 모이자, 담장 위에서 와산본이 곧바로 인간 비판을 시작했다. 값비싸 보이는 은색 플레이트가 달린 목걸이를 봐도 알 수 있듯 와산본은 유복한 집의 실외 고양이다. 그러나 인간이 편안하고 호화로운 생활을 약속해주는데도 주인 가족에 대한 비판 정신은 지극히 왕성하다.

와산본은 말한다. 과거 고대 이집트에서는 고양이를 신으로 숭배했다. 그것을 안 페르시아 군은 맨 앞줄에 선 병사에게 고양이를 들게 해서 그것을 방패 삼아 공격케 했다. 고양이에게 화살을 쏠 수 없는 이집트 군은 저항도 변변히 해보지 못하고 페르시아 군에게 패했다고 한다. 와산본의 주인은 저명한 학자라고 한다. 그 학자 선생님이 저녁 식탁에서 했다는 이야기를 선보인 뒤, 와산본은 불쾌한 표정으로 말을 이었다.

"어느 나라 고양이가 그렇게 오랜 시간 인간한테, 그것도 추레한 남자의 팔에 안긴 채 가만히 있겠어요?"

잘 해주면 잘 해주는 대로, 좀더 그럴듯한 에피소드를 만들 수는 없는 거냐고 인간의 상상력 결여를 한탄하는 와산본의 옆에서 미켈란젤로는 솔직하게 고대 문명을 부러워했다.

"그 당시 이집트에 태어나면 얼마나 좋았을까요. 저속하고 난폭한 오토바이 엔진 소리도, 옆집에서 한없이 울리는 시끄러운 자명종 소리도 분명 없었을 테죠."

그동안 여사는 거의 발언을 하지 않고 여느 때처럼 조용히 주위의 이야기에 귀를 기울였다.

"그럼 여러분, 먼저 실례하겠어요."

이야기가 일단락되었을 때 여사는 상체를 일으키고 유연하게 온몸을 쭉 뻗었다.

"벌써 가는군요. 매번 시시한 이야기만 해서 미안해요, 마들렌 여사."

"아뇨, 당신 이야기는 늘 고양이의 마음에 파문을 일으키는 뭔가가 있어요, 와산본."

"어머, 영광이에요."

"안녕히 계세요, 와산본."

"안녕히 가세요, 마들렌 여사."

"난 안녕이란 말 안 할래요. 내일도 꼭 만날 수 있을 거라고 믿으니까요. 게다가 여사는 목걸이를 한 게 훨씬 멋있다고 생각하는걸요."

"고마워요, 미켈란젤로."

"맞다, 여사. 이런 때 미안하지만, 가기 전에 부탁 하나만 들어줄 수 있어요?"

"뭔데요?"

"뭔가 이야기를 들려주지 않을래요? 여사는 늘 그렇게 조용히 듣기만 했잖아요. 마지막으로…… 아니, 마지막일 리 없지만, 한 번만 우리한테 이야기를 해주면 좋겠어요."

갑작스러운 미켈란젤로의 부탁에 당황하는 기색이 역력한 여사에게, "그건 나도 꼭 부탁드리고 싶네요" 하고 와산본도 빙글거렸다.

주위에서도 잇따르는 부탁에 여사는 폐타이어의 휠 부분을 너끈히 세 바퀴는 돈 다음 결국 다수의 의견에 등을 떠밀려 도로 앉았다.

환성에 둘러싸인 여사는 긴장을 풀기 위해서인지 크게 하품을 하고 몸을 부르르 떨었다. 그러고는 십 분 넘게 말없이 하늘만 올려다보더니 느린 어조로 이야기하기 시작했다.

"이건…… 한 늙은 수캐와 암고양이와 인간 여자애의 이야기랍니다."

결코 능숙하다고는 할 수 없는, 오히려 어설픔이 눈에 띄는 말솜씨였지만, 여사의 이야기는 공터의 암고양이들을 삽시간에 매료했다.

그 내용은 여사의 평소 인상과 동떨어진, 매우 상상력이 넘치고 손에 땀을 쥐는 모험담이었다.

이야기는 한 고양이가 같은 집에 사는 늙은 개에게 '쌍꼬리고양이'라는 말에 대한 강의를 듣는 데서 시작되었다. 처음에는 무슨 그런 실례되는 허튼 이야기가 다 있느냐고 분개하던 고양이는 낮잠을 자고 일어나 깜짝 놀랐다. 자기 꼬리가 보기 좋게 둘로 갈라져 있었기 때문이다. 고양이는 도망치듯 거리로 뛰쳐나왔다. 그랬다가 어떻게 된 영문인지, 우연히 마주친 인간 여자로 둔갑하고 말았다.

좋든 싫든 인간 여자로 행동하게 된 고양이가 그뒤에 직면하는 온갖 수난. 풀장 장면에 이르자 공터의 고양이들은 하나같이 새된 비명을 질렀고, 인간 아이들의 포악함에 "아아, 무서워라"

하고 하늘을 우러르며 탄식했다.

그러나 이야기의 무대가 바뀌고, 어디서 들은 적이 있는 비닐 시트로 뒤덮인 공터에서 분투하는 장면으로 옮아가자 일제히 갈채가 터져나왔다. 그리고 정육점에서 늙은 개에게 줄 선물을 사고 그것이 상대방의 꿈에 나왔다는 대목에서는, 모든 고양이가 종의 경계를 초월해 "어머, 근사해라" 하며 달콤한 분위기에 젖어들었다.

"정말 끔찍한 하루였지만, 한편으로 아주 보람찬 하루였다고도 할 수 있어요. 하나는 공터. 또 하나는 사료가 아주 부드러운 걸로 바뀐 일. 이건 풀장에서 고양이가 주인 여자애를 만났을 때 부탁한 걸 여자애가 지켜준 결과였죠. 이가 약해진 늙은 개는 무척 기뻐하며 새 사료를 먹었답니다."

모험을 마친 고양이가 한잠 자고 일어나자 원래 몸으로 돌아와 있더라는 것으로 여사가 이야기를 끝맺자, 이야기에 푹 **빠져** 있던 고양이들은 한숨을 쉬며 찬사를 보냈다.

"훌륭해요, 마들렌 여사. 이렇게 재미있는 이야기는 난생처음인데요. 꼭 진짜 있었던 일 같네요. 흥분했어요."

와산본도 담장 위에서 감동한 표정으로 여사의 이야기를 칭찬했다.

"고마워요. ······약간만 더 덧붙여도 되겠어요?"

"어머, 뒷이야기가 더 있나요?"

"네, 들어주겠어요?"

"그야 물론이죠! 이야기해주세요."

여사는 한숨을 돌리는 의미로 볼의 수염을 앞다리로 정성스럽게 쓸어넘긴 뒤 다시 입을 열었다.

"그날 이래로 고양이는 약속을 지켜준 여자애에게 어떻게든 고마움을 표하고 싶다고 생각하고 있었어요. 그러던 중에 고양이는 여자애로부터 고민 이야기를 들어요. 신사에서 열리는 축제에 친구를 데려가고 싶었는데, 약속이 잘 안 된 거예요. 축제에서 친구를 만날 수 있을까 하고 불안스레 중얼거리는 여자애의 목소리에서, 고양이는 뭔가를 감지했어요. 게다가 병원에서 돌아온 늙은 개를 다른 가족들이 실내에 들여놓고 상태를 지켜보자고 하는 걸 여자애가 반대하고 고양이 곁에 둬달라고 주장했을 때, 고양이는 자기가 할 일을 똑똑히 알았답니다."

"알았다, 은혜를 갚는군요!"

"그래요, 미켈란젤로."

"그래서 대체 뭘 했는데요?"

이야기를 재촉해도 여사는 지극히 차분한 어조로 말을 이었다.

"한 번 더 시험해보기로 한 거예요."

"시험이라고요? 뭘요?"

"인간으로 둔갑하는 걸요."

병원에서 돌아온 늙은 개에게 고양이는 여자애의 친구 이름을 말하고 집이 어디인지 찾아달라고 부탁했다. 늙은 개는 이유도 묻지 않고 마침 저녁 산책 겸 집 앞을 지나가던 포메라니안에게 담장 너머로 뭐라고 했다.

거의 곧바로 담장 밖에서 포메라니안이 요란하게 낑낑대기 시작했다. 그 소리를 듣고 동네 개들이 잇따라 짖어댔다. 울음소리는 눈 깜짝할 새에 온 동네로 퍼져서 커다란 덩어리가 되어 서서히 서쪽으로 이동했다.

"들리오?"

십 분가량 경과한 뒤, 늙은 개의 말에 고양이는 조용히 고개를 끄덕였다. 조금 전까지 온 동네를 떠들썩하게 했던 소란은 어디로 가고 지금 주위는 정적에 잠겨 있었다. 다만 멀리, 대략 팔백 미터 떨어진 곳 어딘가에서 실내견의 울음 소리인 듯한 새된 목소리만이 들리는 것을 고양이의 예민한 청각은 놓치지 않았다.

"저기로군요."

"난 이제 안 들리네만, 먼가?"

"네, 좀 머네요. 미안해요, 하나만 더 부탁할게요. '쌍꼬리 고양이' 이야기 한 번만 더 해줄래요?"

이번에는 "왜지?" 하고 웃으며 묻는 늙은 개에게 고양이는 진지한 목소리로 대답했다.

"그것 말고는 이유가 떠오르지 않으니까요."

늙은 개는 그 이상 묻지 않고 '쌍꼬리 고양이' 이야기를 또다시 들려주었다.

늙은 개의 이야기를 다 들은 순간, 머릿속 깊은 곳에서 강렬한 졸음이 덮쳐오는 것이 느껴졌다. 졸음을 이기지 못하게 될 때까지 시간 여유가 별로 없을 것이다. 고양이는 당장 출발하기로 결심했다.

"지금 그곳으로 가겠어요. 하지만 길을 잃지 않고 갈 수 있을까 모르겠네요."

고양이의 세계는 매우 좁다. 예를 들어 고양이에게 '산책 지도'라는 게 존재한다면, 그 지도 밖으로 나가는 것은 세계 밖으로 발을 내딛는 것과 거의 같은 뜻이다.

고양이의 불안을 안 늙은 개는 천천히 몸을 일으키더니 하늘을 향해 느닷없이 짖어댔다.

"자, 가요. 친구들이 당신을 인도할 거요."

늙은 개는 그렇게 짤막하게 고하고는 조금 힘든 듯 몸을 구부려 다시 땅바닥에 엎드렸다.

평소에는 짖는 일이 거의 없던 늙은 개가 갑자기 큰 소리를 낸

데 놀라 집을 지키고 있던 여자 어른이 마당으로 나왔을 때, 고양이의 모습은 이미 마당에서 사라지고 없었다.

담장을 넘어 바깥에 내려선 고양이는 전속력으로 달리기 시작했다.

자기가 있는 곳이 어디인지, 어디로 가는 중인지, 아무것도 몰라도 계속해서 달렸다. 바람을 맞아 귀는 뒤로 젖혀지고, 수염은 얼굴에 들러붙고, 꼬리는 땅바닥을 스칠 듯 말 듯 지나갔다. 발은 아스팔트를 호쾌하게 차고, 발톱이 땅을 긁는 소리가 뒤이어 들려왔다.

"마들렌!"

"마들렌!"

"마들렌!"

고양이는 그저 자기 이름을 부르는 목소리를 따라 담장을 달려가고, 지붕에서 지붕으로 옮겨가고, 뛰어내린 김에 알파로메오의 보닛을 걷어차고, 먼지투성이 일인용 트램펄린 곁을 달려 통과했다. 도중에 잔디로 뒤덮인 커다란 마당에서 자기보다 덩치가 몇 배는 더 큰 셰퍼드가 "마들렌! 마들렌!" 하고 짖어대는 바로 일 미터 옆을 달려 지나칠 때는 무서워 죽는 줄 알았지만, 고양이가 통과한 순간 셰퍼드는 짖기를 딱 그치고 그 뒷모습을 조용히 배웅해주었다.

고양이를 인도한 것은 개들의 목소리였다.

발음이 약간 알아듣기는 힘들지만 개들이 "마들렌!" 하고 외치는 목소리가 고양이를 목적지까지 곧장 달려가게 했다. 개의 말에 없는 발음을 거듭 외쳐달라고 부탁한 것은 말할 필요도 없이 늙은 개였다. 출발 전에 늙은 개가 있는 힘껏 큰 소리로 전달한 것, 그것은 집과 목적지 사이에 사는 친구들에게 고양이를 이끄는 신호를 외쳐달라는 부탁이었다.

"마들렌!"

개들은 의미도 모른 채 늙은 개의 부탁을 충실하게 이행했다. 덕분에 고양이는 십 분도 채 걸리지 않아 목적지까지 최단거리로 당도할 수 있었다. '쌍꼬리 고양이'라는 말을 들은 뒤로 덮쳐온 졸음은 이미 한계에 다다라 있었다. 출발 전에 마당에서 들은 작은 개의 울음소리가 밑에서 들려오는 것을 확인한 고양이는 거의 쓰러지듯 지붕 위에서 잠에 빠져들었다.

대체 얼마나 잤을까. 깨자마자 고양이는 몸을 벌떡 일으켰다. 그리고 고개를 뒤로 빼 꼬리부터 확인했다.

완벽하게 둘로 갈라져 있었다.

곧이어 시간이 얼마나 지났는지 알기 위해 지붕에 선 텔레비전 안테나의 그림자 위치를 살폈다. 다행히 잠들기 전에 비해 거의 변화가 없었다.

여름방학 중에 한 번 집에 놀러왔을 때 났던 냄새로 미루어, 여자애의 친구가 동물을 키우지 않는다는 것은 알고 있었다. 따라서 고양이가 찾는 집은 여기 바로 밑이 아니라 주위에 있을 터였다.

고양이는 조급함을 달래며 지붕 가장 높은 곳으로 올라갔다.

그리고 느닷없이, 여자애의 얼굴이 시야에 들어왔다.

좁은 도로를 사이에 둔 건너편 2층 집 창문에 하늘을 살펴보는 낯익은 얼굴이 보였다.

얼결에 눈이 마주치기 전에 고양이는 지붕에서 담장으로 내려섰다. 몸집이 큰 남자가 상자를 어깨에 짊어지고 열린 현관에서 나오는 것이 보였다. 이사 준비 중인지, 정면 차고에는 이미 상자가 층층이 쌓여 있었다.

고개를 틀어 궁둥이 언저리를 확인했다. 두 개의 꼬리가 흔들거리며 브이 자를 그리고 있었다. 담장에서 뛰어내려 인적 없는 도로를 가로질렀다. 남자는 상자를 내려놓고 이미 집 안으로 들어간 다음이다. 고양이는 3층으로 쌓인 상자 위로 뛰어올라 각오를 굳히고 앉았다.

"어이쿠, 무거워."

남자가 이번에는 상자 두 개를 들고 현관에서 나타났다. 시야가 가려진 탓에 앞을 보지 못한다. 남자는 상자를 땅에 내려놓고 허리를 문지르며 얼굴을 들고 나서야 비로소 상자 위에 앉아 있는 고양이의 존재를 알아차렸다.

고양이는 상자에 늘어뜨렸던 꼬리를 천천히 치켜들었다.

자연히 고양이의 몸 뒤쪽으로 주의가 쏠린 남자의 표정이 갑자기 굳었다. "뭐, 뭐지?" 뒤집힌 목소리와 함께 남자는 눈을 크게 뜨고 고양이의 얼굴로 시선을 돌렸다.

그 순간, 몸이 팽창하는 느낌과 함께 시야가 올라가더니, "야오" 하고 괴상한 목소리가 들려왔다.

정신이 들었을 때는 눈앞에 상자 위에 앉아 멍하니 하늘을 올려다보는 고양이가 있었다. 이쪽이 뭐라고 하기도 전에 고양이는 펄쩍 뛰어올라 마당 쪽으로 달아나버렸다.

손바닥을 눈앞까지 들어올리고 발을 움직여보았다. 머리를 만져보고, 목소리를 내보고, 완전히 인간이 된 것을 그리 달갑지 않은 기분으로 확인했다.

현관으로 집 안을 들여다보고 커다란 목소리로 여자애의 이름을 불렀다. 그러자 조금 전 창문 너머로 본 여자애가 2층에서 기운차게 내려왔다.

"고양이는 곧바로 여자애에게 나가자고 했어요. 서둘러 유카타로 갈아입은 여자애를 데리고 고양이는 축제에 갔답니다. 신사는 지금껏 본 적이 없을 만큼 사람들이 꽉꽉 들어차서 아주 속이 울렁거리고 기분이 나빴지만, 이럭저럭 참고 드디어 두 여자애를 만나게 해주는 데 성공한 거예요."

그뒤 무사히 고양이의 몸을 되찾은 데서 이야기를 마친 여사는 숨을 크게 내쉬고 "끝이에요"라고 짤막하게 덧붙였다.

이야기에 압도되어 아무도 입을 열지 못했다. 정물처럼 꿈쩍도 하지 않는 고양이들을 풀숲에서 터져나오는 벌레 울음소리가 고요히 감쌌다.

"그러니까…… 그 고양이가 인간 여자애한테 확실하게 사례를 한 거로군요."

담장 위의 와산본이 실감 어린 말투로 중얼거렸다.

"이야기가 길어졌네요. 미안해요, 이럴 생각이 아니었는데."

여사는 일어나 있는 힘껏 기지개를 켰다.

"훌륭한 이야기였어요, 마들렌 여사. 아마 평생 못 잊을 거예요."

"고마워요, 와산본."

"아무래도 이게 마지막이란 건 말도 안 돼요. 난 앞으로 매일 여사의 이야기를 듣고 싶은걸요. 그러니까 내일도 기다릴래요."

"고마워요, 미켈란젤로."

여사는 공터 고양이들의 인사에 한 마리씩 이름을 부르며 답례한 다음, 폐타이어에서 밑을 내려다보며 앞다리를 가지런히

모았다.

"안녕히 계세요, 여러분."

"안녕히 가세요, 마들렌 여사."

여사는 폐타이어에서 뛰어내려, 여태 흥분의 여운이 가시지 않은 공터에서 조용히 퇴장했다.

올 때와는 다른 길로 집으로 갔다. 마당으로 돌아오니 마침 가노코가 일어난 참인지 집 안이 우당퉁탕 시끄럽다. 여사는 대접의 물을 마신 뒤 개집을 들여다보았다. 이틀 전 내린 비로 꽤 많이 옅어지기는 했어도 아직 남아 있는 겐자부로의 냄새를 확인하고, 툇마루 밑 기둥에 잠깐 소변을 보았다.

툇마루에 여전히 놓여 있는 산호색 목걸이를 곁눈으로 흘깃 보고, 여사는 집 뒤쪽으로 돌아가 벽에 붙은 낡은 소각로를 거쳐 헛간 지붕으로 올라갔다. 공터에서 익숙지 않은 일을 한 탓에 흥분한 신경을 진정시키기 위해 바로 몸을 눕히고 잠시 잠을 청했다. 현관문이 벌컥 열리고 가노코가 "다녀오겠습니다!" 하고 큰 소리로 말했을 때 잠깐 눈을 떴다. 곧장 밖으로 뛰쳐나가지 않고 일단 마당을 살핀 뒤 대문을 열고 학교로 향하는 가노코의 기척을 잠에 취한 의식의 밑바닥에서 감지했다.

한 시간 뒤, 잠에서 깬 여사는 헛간에서 내려와 개집으로 잠자리를 옮겼다. 그곳에서 얼마 동안 시간을 보낸 뒤 구름이 걷혀

볕이 드는 툇마루로 옮겨갔다. 그리고 따뜻한 햇살 속에 가느스름하게 실눈을 뜨고, 다시금 가노코와 약속한 기한을 생각했다.

겐자부로가 죽은 지 사흘 뒤, 실외기 위에서 잠자는 여사에게 가노코가 찾아왔다.

"오늘 말이지, 겐자부로의 장례식을 하고 왔어. 원래는 마들렌도 데려가고 싶었는데."

눈이 퉁퉁 붓고 빨개진 가노코는 실외기 앞에 쭈그리고 앉아, 여사의 미간에서 이마까지 엄지로 몇 번이고 부드럽게 쓸어주었다.

"아빠랑 엄마하고도 의논했는데, 마들렌은 겐자부로의 부인이잖아? 겐자부로가 여기 있었기 때문에 마들렌도 같이 있어준 거라고 생각해. 그러니까 이제 겐자부로가 없는 이상, 마들렌은 어디든 갈 수 있어. 물론 우리집에 있어주는 게 제일 좋지만, 그건 마들렌이 정하면 돼."

가노코는 그렇게 말하고는 여사의 목걸이를 끌러주었다. 가노코는 여사가 인간의 말을 알아듣는다고 믿어 의심치 않는 듯했다.

"사흘 뒤에 학교 갔다왔을 때 여기 있으면, 그럼 마들렌은 이제 내내 우리집 고양이인 거야. 그때 다시 목걸이를 채울게."

가노코는 진지한 표정으로 말했다.

오랜만에 목 주위가 해방된 느낌에 당황하며 여사는 내심 놀란 기분을 곱씹었다. 가노코는 여사의 기분을 그대로 읽고 말하고 있었다.

지금까지 여사는 결코 한 군데만 머물지 않고 이곳저곳을 전전하며 살아왔다. 그렇게만 살 수 있는 고양이였다. 일 년 넘게 한 곳에 머문 것은 여사에게 처음 있는 일이었다. 그리고 그것은, 오로지 겐자부로라는 존재 때문이었다. 공터에서 만나는 와산본과 미켈란젤로 때문이었다. 이 동네에는 여사가 태어나 처음으로 얻은 남편과 친구들이 있었다. 처음으로 얻은, '마들렌'이라는 자기만의 이름이 있었다.

가노코가 제시한 기한까지 사흘, 그중 삼분의 이를 변함없이 잠에 소비하며 여사는 진지하게 생각했다. 여사는 겐자부로를 잃은 뒤로 과거의 감각이 조금씩 되살아나는 것을 민감하게 느끼고 있었다. 가노코가 목걸이를 끌러주었을 때 여사가 맨 먼저 느낀 것은, 다시 길을 떠날 시기를 알리는 기척이 깜짝 놀랄 만큼 가까운 곳에 도사리고 있다는 사실이었다.

가노코는 여사에게 자유를 주었다. 그러나 익숙해야 할 자유

앞에서 여사는 당황했다. 여사의 마음속에서 어느새 자유라는 것의 가치가 달라져 있었다.

가노코가 학교에서 돌아오기까지 앞으로 한나절, 여전히 답을 내지 못한 채 여사는 툇마루에서 자세를 더 느슨하게 풀고 누웠다. 집 안에서 어머니가 청소기를 돌리는 소리가 들렸다. 마당 구석에는 아직 겐자부로의 사슬이 수도꼭지 밑에 둥글게 말려 있었다. 빨간 밥그릇은 어느새 모습을 감추고, 여사와 함께 썼던 은색 대접만 쓸쓸하게 물이 담겨 놓여 있다.

여사는 하품을 크게 하고 10월의 햇볕을 느꼈다. 입을 다물다 문득 툇마루로 시선을 돌렸다.

산호색 목걸이 밑에 종이 같은 것이 끼워져 있었다. 공터에서 돌아왔을 때는 없었으니, 가노코가 학교 가기 전에 놓고 간 모양이었다.

여사는 일어나 그쪽으로 다가가 동그란 목걸이 밑에 있는 것을 들여다보았다.

그 순간, 불현듯 겐자부로의 냄새가 여사를 감쌌다. 마지막 날 밤, 벌레들의 합창 소리에 뒤섞여 들리던 겐자부로의 불규칙한 숨소리가 귓전을 맴도는 듯했다.

9월에 들어서자 급격히 쇠약해진 겐자부로를 여사는 속수무

책으로 지켜보는 수밖에 없었다. 겐자부로와 함께 병원에 갔다가 어두운 표정으로 돌아오는 아버지의 표정을 볼 때마다 여사의 가슴은 미어졌다.

음식을 전혀 넘기지 못하게 된 날 겐자부로는 "이젠 틀린 모양이오" 하고 힘없이 중얼거렸다. 여사는 아무 말도 못 하고 헛간 지붕으로 올라가 몸을 둥글게 말고 울었다.

마지막 밤은 돌연히 찾아왔다.

고통스러운 호흡을 되풀이하는 겐자부로를 보고, 여사는 침착함을 잃고 내내 개집 앞을 서성거렸다.

"사람들을 불러올게요."

여사는 참다못해 겐자부로에게 말했다.

"괜찮아요. 아직 창문을 열고 자니까 방충망을 뜯고 들어가면 돼요. 분명히 알아차릴 거예요. 마음만 먹으면 초인종도 누를 수 있어요."

"안 돼요."

개집 입구에서 비어져나오듯 뻗은 앞다리에 비스듬히 턱을 얹은 겐자부로가 조용히 입을 열었다.

"왜요? 하지만 이대로 가다간……"

"그렇게 되면 날 집 안으로 데리고 들어갈 것 아니오. 당신을 두 번 다시 못 보게 되는 거요. 난 줄곧 당신하고 같이 있고 싶어."

겐자부로가 여사의 말을 가로막으며, 불규칙한 호흡이나마 놀랍도록 강한 목소리로 말했다.

"하, 하지만 그럼 당신이……"

"괜찮아."

다시 한번 '괜찮아'라고 말한 뒤 겐자부로는 그때까지 감고 있던 눈을 뜨고 흐릿해진 눈동자로 여사를 보았다.

"왜……?"

저도 모르게 히스테릭하게 언성을 높인 여사에게 겐자부로는 무슨 당연한 걸 묻느냐는 양, "당신은 내 아내 아니오" 하고 몹시도 부드러운 어조로 말하고는 잠깐 웃었다. 그 한순간만은 신기하게도 거칠던 호흡이 편안해졌다.

여사는 그 이상 아무 말도 하지 않았다.

그저 겐자부로 앞에 붙어앉아 허연 털이 눈에 띄는 얼굴을 몇 번이고 핥아주었다.

동녘 하늘이 아주 약간 부옇게 흐려지기 시작했을 무렵, 겐자부로의 호흡이 갑자기 가빠졌다.

"아파요?"

"이제 아프지 않아."

이미 의식이 몽롱해졌는지 겐자부로는 흐리멍덩한 목소리로 대답했다. 그뒤로는 여사가 아무리 불러도 두 번 다시 대답하지 않았다.

호흡이 문득 차분해졌다.

겐자부로는 눈꺼풀을 들어올리고, 얼굴을 바짝 갖다 대는 여사에게 초점을 맞추었다.

"잘 있으오, 마들렌."

그것이 마지막 말이었다.

새벽에 겐자부로의 상태를 보러 마당에 나온 아버지는 개집 앞에 앉은 여사를 본 순간 무슨 일이 있었는지 알 수 있었노라고, 겐자부로의 장례식 때 가노코에게 말했다.

아버지는 여사 옆에 쭈그리고 앉아 겐자부로의 얼굴을 소중하게 어루만져주었다. 그리고 머리에 손을 얹은 채 소리 없이 운 다음, 여사의 머리를 부드럽게 쓰다듬었다.

"고맙다, 마들렌."

그때 아버지의 큼직한 손바닥이 머리 위를 덮던 그 느낌을 곱씹으며 여사는 툇마루에 놓인 목걸이를 내려다보았다.

동그란 목걸이 밑에 놓인, 나란히 하품하는 자신과 남편의 사진을 언제까지고 바라보고 있었다.

에필로그……

평소에는 거의 일정한 시간에 학교에서 돌아오는 가노코가 오늘은 무슨 일인지 삼십 분쯤 늦게 집으로 돌아왔다.

"오늘 말이지, '마들렌의 산책 지도'가 1학년 자유연구 대표로 뽑혔거든. 그래서 선생님이 현관 앞 커다란 게시판에 지도를 붙여주셨어!"

무슨 일 있었느냐고 현관 앞에서 묻는 어머니에게 가노코는 깡충거리며 보고하고는 책가방을 넘겼다. "이는 빠졌니?" 어머니가 묻는 말에 "아직"이라며 고개를 흔들고는, "잠깐 마당에 갔다올게" 하며 다시 문을 열었다.

현관 밖으로 나간 가노코는 표정이 싹 달라져 진지한 얼굴로 집 뒤에서 얼굴을 쏙 내밀었다.

맨 먼저 툇마루부터 확인했다. 그리고 나무 밑, 담장 위, 온 마당을 재빨리 둘러보았다. 마들렌은 어디에도 보이지 않았다. 가노코는 입을 한일자로 꼭 다물고 마당을 가로질렀다. 실외기를 확인하고, 안쪽으로 들어가 헛간 앞을 둘러보았다. 소각로에 다리를 올리고 지붕 위도 살펴보았다.

가노코는 마당으로 돌아와 쓸쓸한 표정으로 툇마루에 앉았다. 구석에 놓여 있던 산호색 목걸이를 집어들어 양 손바닥 사이에 끼고 빙빙 돌렸다. 목걸이 밑에 그대로 놓여 있던 사진을 응시하던 가노코는, 문득 아직 확인하지 않은 곳이 하나 있음을 깨달았다.

가노코는 일어나 툇마루를 등지고 있는 임자 잃은 개집으로 다가갔다. 조용히 두근거리는 심장 고동을 느끼며 천천히 안을 들여다보았다.

"마들렌."

아치형 입구 안쪽에서 깨나른한 시선으로 쳐다보는 누렁 고양이의 모습을 기대했으나, 아무도 없는 텅 빈 공간만이 기다리고 있었다.

가노코는 우는지 웃는지 알 수 없는 표정으로 툇마루로 돌아갔다. 목걸이를 내려놓고 사진을 집어 멍하니 바라보았다.

"맞다, 이 사진이랑 스즈랑 같이 찍은 사진을 산책 지도에 새로 붙일 순 없을까? 내일 선생님한테 부탁드려봐야지."

그렇게 이것저것 궁리하던 가노코는 별안간 "아!" 하고 눈을 크게 떴다.

그리고 얼마 동안 허공을 노려보며 몹시 심각한 얼굴로 뭔가를 생각하는 듯하더니, 입에 손가락을 넣고 허연 것을 꺼냈다.

드디어 빠진 아랫니를 요모조모 뜯어보던 가노코는 문득 고개를 들어 머리 위를 확인했다. 손 안과 하늘을 몇 번씩 번갈아 본 끝에 드디어 결심이 섰는지 조그만 손을 꽉 쥐고는, "튼튼한 이가 나게 해주세요!" 하고 외치며 빠진 이를 지붕으로 힘껏 던졌다.

지붕 위에서 뭔가 작은 소리가 난 듯했지만 분명하지는 않았다.

하늘을 우러러보며 얼마 동안 이가 빠진 자국을 혀로 더듬던 가노코는 별안간 엄지를 양쪽 콧구멍에 쑥 넣고 나머지 손가락을 팔랑거리기 시작했다.

어머니가 다실에서 얼굴을 내밀고 "식탁에 간식 내놨으니 손 씻고 먹으렴" 하고는 들어갔다. '아랫니 이야기를 하면 야단맞을까?' 생각하며 가노코는 몸을 틀어 방충망 너머로 "네에!" 하고 큰 소리로 대답했다.

다시 앞을 바라보다가 무릎에 올려놓았던 목걸이가 툇마루에

톡 떨어졌다. 가노코는 목걸이를 집어 무심코 잠금 부분을 풀고 곡선을 그리는 가죽의 탄력을 즐기다가, 문득 머리띠처럼 그것을 머리 위에 얹고 또다시 코 나부나부를 하기 시작했다.

　조금만 더, 마들렌을 기다려보기로 했다.

지은이 **마키메 마나부**

1976년 출생. 오사카에서 태어나 교토 대학 법학부를 졸업했다. 2006년 『가모가와 호루모』로 제4회 보일드에그즈 신인상을 수상하며 데뷔했다. 2010년 발표한 『가노코와 마들렌 여사』로 나오키 상 후보에 올랐으며, 그 외 작품으로 『사슴남자』 『로맨틱 교토, 판타스틱 호루모』 『프린세스 도요토미』 등이 있다.

옮긴이 **권영주**

서울대학교 외교학과를 졸업하고 동대학원에서 영문학을 전공했다. 옮긴 책으로 『삼월은 붉은 구렁을』 『흑과 다의 환상』 『다다미 넉 장 반 세계일주』 『네크로폴리스』 『요이야마 만화경』 『리큐에게 물어라』 등이 있다.

문학동네 세계문학

가노코와 마들렌 여사

초판 인쇄 2011년 4월 18일 | 초판 발행 2011년 4월 25일

지은이 마키메 마나부 | 옮긴이 권영주 | 펴낸이 강병선
책임편집 양수현 | 편집 김지연 박아름 | 독자 모니터 유부만두
디자인 윤종윤 유현아 | 저작권 김미정 한문숙
마케팅 정민호 김도윤 장선아 박보람 | 온라인 마케팅 이상혁 한민아 정진아
제작 안정숙 서동관 김애진 | 제작처 영신사(인쇄) 신안문화사(제본)

펴낸곳 (주)문학동네
출판등록 1993년 10월 22일 제406-2003-000045호
주소 413-756 경기도 파주시 교하읍 문발리 파주출판도시 513-8
전자우편 editor@munhak.com | 대표전화 031) 955-8888 | 팩스 031) 955-8855
문의전화 031) 955-3576(마케팅) 031) 955-2684(편집)
문학동네카페 http://cafe.naver.com/mhdn

ISBN 978-89-546-1452-8 03830

www.munhak.com